Die Zauberin

Durga Hoff-Ortstein

Die Zauberin

Geschichten

Bibliografische Information der Deutschen Nationalbibliothek:
Die Deutsche Nationalbibliothek verzeichnet diese Publikation in der
Deutschen Nationalbibliografie; detaillierte bibliografische Daten sind
im Internet über < http://dnb.d-nb.de > abrufbar.

© 2008 Durga Hoff-Ortstein
Titelbild »Silberstiftzeichnung« von Udo Mölders, Köln
Satz, Umschlaggestaltung, Herstellung und Verlag:
Books on Demand GmbH, Norderstedt
ISBN: 978-3-8334-8982-2

Inhalt

So mußt du allen Dingen
Bruder und Schwester sein,
Daß sie dich ganz durchdringen,
Daß du nicht scheidest Mein und Dein.

Kein Stern, kein Laub soll fallen,
Du mußt mit ihm vergehn!
So wirst du auch mit allen
Allstündlich auferstehen.

Hermann Hesse

Die Zauberin

Der alte Garten der Taverne, der von mächtigen Platanen beschattet wurde, lud die Vorübergehenden ein zum Eintreten und Verweilen. Hier waren die Stühle noch aus Holz mit geflochtenen Sitzen, und auf den Tischen lagen Papierdecken und nicht, wie sonst inzwischen üblich, die häßlichen Wegwerfplastikdecken.

Der abgelegene Platz war ein stiller Winkel, in dem selten Motorräder knatterten. In einer Ecke jedoch quoll der Müll aus den Kübeln und lockte Katzen und Hunde an. Die Touristengassen der Hauptstadt mit ihren schikken Läden und überteuerten Restaurants schienen jedoch weit von diesem verträumten Ort entfernt, wo Griechenland sich wie einst dem Fremden zeigte.

Auf dem Blätterdach der knorrigen Platanen lag silbern das Licht des zunehmenden Mondes. Die bunten Birnchen der Lichterketten, die zwischen den Bäumen gespannt waren, grüßten vereinzelt hinauf zu den Sternen, deren ewige Botschaft jede Nacht die Erde erreichte. Ganz leise ertönte in der Ferne der Ruf einer Eule.

Kirke saß allein an einem Tisch und fütterte drei Katzen mit den Resten ihres Tintenfisches. Auch als sie nichts mehr zu verteilen hatte, blieben die beiden alten Katzen erwartungsvoll sitzen und rührten sich nicht von der Stelle. Das junge, rotweiß-getigerte Kätzchen aber mit der schwarzen Schnauze und ebensolchen Pfötchen strich Kirke dankbar um die Beine und schnurrte laut vor Behagen.

Nach und nach kamen Gäste in den Garten. Der

Kellner, der sich bisher rauchend am Taverneneingang herumgelümmelt hatte und Kirke mißbilligende Blicke zuwarf, als sie die Katzen fütterte, mußte nun springen, um allen Wünschen nachzukommen. Kirke strich sich gedankenverloren die rotbraunen Haare aus der Stirn, ihre grünen Augen musterten neugierig die Speisenden, während sie kleine Schlucke von dem geharzten Wein trank. Ein älteres englisches Ehepaar dinierte am Nebentisch. Teller mit Fischgerichten wurden aufgetragen, auch Bauernsalat und Tsatziki. Die mageren Katzen, die bei Kirke ihre Vorspeise erhalten hatten, zogen nun weiter zu dem Nachbartisch, wo sie sich brav und abwartend niederließen. Die wohlbeleibte Engländerin jedoch und ihr Ehemann beachteten die Katzen nicht. Nach beendetem Mahl saßen sie vor den halbvollen Tellern und unterhielten sich in einem blasierten Tonfall. Mit hungrigen Augen starrten die Katzen auf den Tisch, der so viele Köstlichkeiten bot und für sie unerreichbar blieb …

Kirke schenkte Wasser aus dem Krug in ihr Glas und hielt minutenlang beide Hände darüber. Dann goß sie das Wasser in ihre linke Hand, erhob sich und näherte sich dem Tisch der Engländer. Unauffällig ließ sie Tropfen für Tropfen aus der Hand rinnen bis sie den Tisch umrundet hatte. Keiner der Gäste hatte diese Handlung Kirkes bemerkt, die sich alsdann wieder an ihren Platz setzte. Sie begann das Paar mit starrem Blick zu fixieren und murmelte »Geburah, Geburah, Geburah«.

Als die Engländer bezahlt hatten und der Kellner die halbvollen Teller wegräumte, schlichen die Katzen mit traurigen Augen davon. Kirke sah dem englischen Pärchen nach. Als die beiden den Platz überquert hatten, schrumpften ihre menschlichen Körper und sie wurden zu einer fetten, grauen Katze und einem rotgetigerten Kater. Verwundert blickten sich die beiden Tiere an, strichen dann ratlos umher und kehrten schließlich in die Taverne zurück. Unter Kirkes Tisch ließen sie sich nieder, denn sie hatten zwar ihre menschliche Gestalt verloren, nicht aber ihren Verstand und ihr Gedächtnis. Kirke streichelte die Tiere und ging fort.

Tag für Tag kamen die Katze und der Kater zur Essenszeit in den Garten der Taverne in der Hoffnung, von einem mitfühlenden Menschen ein paar Bissen Fleisch oder Fisch zu bekommen. Doch die meisten Gäste bemerkten die hungrigen Tiere nicht, die den harten Kampf um das tägliche Futter nicht gewohnt waren. So magerten die Verwandelten täglich mehr ab, weil sie nur von wenigen Tierfreunden gefüttert wurden.

Wochen waren vergangen, da besuchte Kirke eines Abends wieder den alten Garten. Der Duft von Jasmin erfüllte die Luft und hoch am Himmel stand glänzend die goldene Scheibe des vollen Mondes. Die Gäste in der Taverne redeten in vielen Sprachen durcheinander, aßen und tranken und beachteten Kirke nicht, die sich an dem letzten freien Tisch niedergelassen hatte.

Eine dünne graue Katze und ein rotgetigerter Kater erkannten sie und ließen sich neben ihrem Stuhl nieder. Kirke bestellte eine Portion gebratene Fische, deren Köpfe sie an die Tiere verfütterte. Da endlich begriffen die Katze und der Kater, wie herzlos sie einst gewesen waren und bereuten dies bitter. Wie versteinert hockten sie am Boden und sahen Kirke hilflos an. Die Zauberin, die ihre Hände über den Wasserkrug gehalten hatte, sprengte einige Tropfen um die Katzen, blickte ihnen in die Augen und sprach »Geburah, Geburah, Geburah«.

Die Katzen erhoben sich und liefen über den Platz. Als sie die Ecke erreicht hatten, wo der Müll sich türmte, verwandelten sie sich wieder in ihre menschliche Gestalt. Sie waren jetzt schlank und geläutert. Eilig kehrten die beiden in die Taverne zurück, um der Zauberin zu danken. Doch der Platz, an dem Kirke soeben noch gesessen hatte, war leer. Vor ihrem Stuhl aber saß ein schwarzweißer Kater und miaute kläglich.

Der Ruf des Meisters

Auf einer kleinen Ägäisinsel nahe der türkischen Küste lebte ein junger Bauer, der sehr verschieden von den übrigen Inselbewohnern war. Von Kindheit an mied er Fleisch, und wenn, wie dies auf der Insel öfter geschah, Ziegen und Schafe geschlachtet wurden und die angsterfüllten Schreie der Tiere durch die Gassen des Dorfes hallten, verkroch sich Michalis in seinem Haus, schloß Türen und Fenster und hielt sich die Ohren zu.

Er besaß selbst ein paar Ziegen, die bei ihm alt werden durften, ohne dem Messer zum Opfer zu fallen. Aus der Milch der Muttertiere bereitete Michalis einen köstlichen Ziegenkäse. Michalis, schlank und feingliedrig, mit einem schwarzen Lockenkopf und wachen, dunklen Augen, galt in der Dorfgemeinschaft als Außenseiter, obgleich er von der Insel stammte. Er trank und rauchte nicht, aß kein Fleisch und hatte keine Freude an den fröhlichen Festen, bei denen getanzt, gegessen und getrunken wurde. Deshalb hielt man ihn für einen Sonderling, mit dem man nichts Rechtes anzufangen wußte.

Michalis litt unter diesem Ausgestoßensein. Er konnte aber weder seine Einstellung ändern, noch sich mit seinem Einsiedlerdasein abfinden. So bot ihm sein Glaube die einzige Zuflucht. Täglich betete er zu Gott und zur Panaghia und bat um Hilfe.

Die Zeit verging. Michalis wurde vierzig, ohne eine Familie gegründet zu haben. Tagsüber bestellte er die Felder, und abends saß er allein in seinem Haus, das er seit dem Tod seiner Eltern allein bewohnte. Das Palaver seiner Geschlechtsgenossen im Kafenion langweilte ihn, deshalb ging er nicht dorthin. Eines Nachts, als er wieder einmal nicht schlafen konnte, betete er zur Mutter Gottes, damit sie ihm ein Licht sandte. Am nächsten Morgen fand er sich auf den Knien vor der kleinen Ikone mit der Panaghia, die auf seinem Hausaltar stand. Er fühlte sich so leicht und gut, wie schon lange nicht mehr. Was war nur geschehen? Er hatte gebetet, daß die innere Einsamkeit, in der er sich befand, aufhören möge. Daraufhin erschien ihm eine Lichtgestalt, die sich ihm als indischer Meister offenbarte.

»Michalis«, sagte der Heilige, »sei fröhlich und liebe deine Mitmenschen. Hilf ihnen, wo immer du kannst. Grabe in der Nordostecke deines Gartens einen tiefen Brunnen, damit sich dein Garten in ein blühendes Paradies verwandelt. Errichte in der Nähe des Brunnens eine Lotussäule, die die Symbole aller großen Religionen trägt. Wisse, daß die Essenz aller Religionen Liebe, Toleranz und Mitgefühl ist! Das Trennende existiert nur in den Köpfen der Menschen. Zu gegebener Zeit werde ich dir zeigen, wie du die Säule, die zwölf Meter hoch werden soll, konstruieren mußt. Ich werde dir Kraft und Energie verleihen, damit du mühelos arbeiten und den Auftrag ausführen kannst. Laß dich von niemandem beirren, aber sei stets freundlich und hilfsbereit zu deinen Mitmenschen, so wirst du das Lächeln und die Liebe, die du aussendest, tausendfach zurückerhalten und glücklich werden.«

Michalis wußte, daß er eine Vision gehabt hatte, die sein Leben verändern würde. Zum Abschied hatte der Heilige die Hände flach aneinandergelegt, eine Geste, die Michalis als Kind sehr oft gemacht hatte, und dabei »OM SAI RAM« gesprochen.

Der Meister hatte ihn gerufen und ihm befohlen, auf dieser Insel zu wirken. Er wollte gleich damit beginnen. Um sich zu stärken aß er ein Stück Brot mit Käse und trank ein Täßchen Mokka, dann begab er sich in den Garten, wo er an der vorgeschriebenen Stelle den Brunnen zu graben begann. Am Abend besuchte er die Taverne und bestellte Auberginen mit Reis. Fröhlich unterhielt er sich mit den Anwesenden. Michalis schien wie verwandelt. Das freute die Dorfbewohner, und sie zeigten es ihm. Für seinen Garten brachten sie Samen und junge Pflänzchen. Als der Brunnen gegraben war, verwandelte sich sein Garten in ein blühendes Paradies. Mit Hilfe des Meisters baute Michalis die Lotussäule, strich sie silberfarben an und malte die Symbole der großen Religionen darauf.

Die Dorfbewohner sahen dieses fremdartige Symbol als Zeichen seines Wandels. Sie liebten ihn, weil er ein gutes Herz hatte und half, wo er nur konnte. Besonders den Alten ging er zur Hand, deren Kinder die Insel verlassen hatten. Er weißelte ihre Häuser und ihre Kirchlein, von denen jede Familie ein eigenes besaß.

Als die Dorfbewohner zur Einweihung der Lotussäule kamen und das Zeichen des Islam auf ihr entdeckten, wurden sie ärgerlich, weil sie nicht verstehen konnten, daß Michalis das religiöse Symbol ihrer Unterdrücker, der Türken, aufgemalt hatte. Michalis gelang es nicht, den Dorfbewohnern den Einheitsgedanken sichtbar zu machen, der alle Religionen wie ein roter Faden durchzog.

Eines Tages kam eine Polizeidelegation von der Hauptinsel angereist, begutachtete und fotografierte das Monument und verlangte von Michalis, die Säule, die weithin sichtbar war, wieder abzureißen. Michalis rief am Abend in seiner Bedrängnis nach dem Meister und bat um Hilfe. Der Meister erschien ihm und sagte: »Bleibe standhaft, so wird nichts geschehen. Wenn die Polizisten darauf bestehen, daß du die Säule zerstörst, teile ihnen mit, daß die Insel dann im Meer versinken wird.« Mit einem »OM SAI RAM« entschwand der Meister und ließ Michalis guten Mutes zurück.

Am nächsten Tag verkündete Michalis den Polizisten sowie dem anwesenden Inselgeistlichen, was sein Meister ihm aufgetragen hatte. Dabei verdunkelte sich der Himmel, und ein gewaltiger Sturm setzte ein. Erschreckt blickten die Polizisten und der Geistliche zum Himmel, riefen nach der Panaghia und sagten, die Säule dürfe bleiben. Schlagartig verstummte der Sturm und die schwarzen Wolken lösten sich auf. Die Delegation konnte mit der nächsten Fähre abreisen. Michalis aber, den die Menschen auf der Insel nun noch mehr liebten, stand bald selbst im Ruf eines Heiligen. In Ehrfurcht sprachen die Dorfbewohner von ihm und bald kamen Pilger von nah und fern, um die Säule zu sehen und von diesem Wunder zu hören.

Der Hund und der Ziegenkäse

Nur ein Pärchen in mittleren Jahren verließ das Schiff, das zweimal wöchentlich die kleine, abgelegene Insel ansteuerte. Ein heftiger Wind kräuselte das türkisblaue Meer in der Bucht, in der zahlreiche bunte Fischerboote schaukelten. Einige Zimmervermieter stürzten sich auf die Neuankömmlinge. Doch diese wollten sich nicht gleich festlegen, sondern setzten sich mit ihrem Gepäck vor das Kafenion, das mit seinen leuchtend blauen Stühlen und Tischen zum Verweilen einlud. Das Haus bot Windschutz, so saß es sich gut draußen bei griechischem Mokka und kühlem Brunnenwasser. Zeit blieb genug, um später noch auf Zimmersuche zu gehen.

»Pension Kalypso« las Ruth an der Wand des gegenüberliegenden Hauses, das einen großen Balkon mit Arkaden besaß.

»In dieser Pension könnten wir uns Zimmer ansehen. Sie macht einen guten Eindruck«, sagte Ruth und deutete auf das weiße Haus.

»Wo der große Hund auf dem Balkon läuft?« fragte Georg.

»Ja, dort. Ich werde mich gleich einmal erkundigen, was die Zimmer kosten. Der Hund wird uns schon nichts tun.«

Ruth stand auf und ging hinüber, um sich die Pension anzusehen. Strahlend kam sie zurück. »Die Zimmer gehen vom Balkon ab, sind geräumig und hell. Es gibt auch eine Gemeinschaftsküche, und der Preis ist akzeptabel. Drei Holländer wohnen dort: ein junges Pärchen aus

Amsterdam, dem der Hund gehört, und eine ältere Lady aus Den Haag. Der Hund darf auf den Balkon, aber nicht in die Küche, wie die Vermieterin sagte. Ich habe das Eckzimmer genommen, das den besten Ausblick hat. Dort wirst du schöne Bilder malen können.«

»Sehr gut«, lachte Georg, »sofern mir der Hund keine Schierigkeiten macht …«

»Tagsüber ist er selten im Haus, sagt Maria, die Wirtin.«

Sie bezahlten den Kaffee, nahmen ihr Gepäck und gingen hinüber zur Pension Kalypso. Maria, eine sympathische Frau in den Dreißigern, hieß sie herzlich willkommen mit griechischem Mokka und Wasser. Sie freute sich, daß sie drei Wochen bleiben wollten. Die meisten Gäste, die auf dieser einsamen Insel strandeten, fuhren mit der nächsten Fähre wieder weiter.

Das Pärchen aus Amsterdam allerdings sei bereits eine Woche da und wolle noch bleiben. Vielleicht, weil es mit dem großen Hund anderswo nicht so leicht ein Quartier fand …

Der Hund sah ähnlich aus wie ein Dobermann, schien aber eine Mischung zu sein. Er war schwarz-braun und hatte einen Stummelschwanz. Seine Besitzer hatten ihn heute auf dem Balkon zurückgelassen. Unruhig lief das Tier umher, beäugte die beiden Kanarienvögel, deren Käfig auf einem niedrigen Tisch stand. Ängstlich flatterten sie in ihrem Käfig umher. »Skilos (Hund) – problema«, murmelte Maria und entfernte sich. Auf einem Tisch stand ein Tablett mit sieben weißen Kegeln Ziegenkäse, die an der Luft trocknen mußten. Ruth sah, wie der Hund im Vorbeilaufen an dem Käse schnupperte und wunderte sich, daß Maria die Käse in Reichweite des Tieres stehen ließ. Sie dachte aber nicht weiter darüber nach, da Georg nach ihr rief.

Nachdem sie ausgepackt hatten, machten sie einen ersten Spaziergang durch das verschachtelte Dorf. Die blauen Türen und Fensterrahmen setzten leuchtende Farbtupfer in das blendende Weiß der Häuser. Sie folgten einem Weg, der sie aus dem Ort hügelwärts führte. Die tiefblauen Kuppeln der Kirchlein leuchteten von den umliegenden Bergkuppen. Das türkisblaue Meer trug weiße Gischtkronen; Möwen und Raben ließen sich vom Wind treiben. Auf einem knorrigen uralten Olivenbaum saß eine Eule und starrte sie aus bernstein-farbenen Augen an. Als sie näher kamen, flog sie davon. Am Wegrand blühten weiße und gelbe Margeriten sowie Klatschmohn in leuchtend-roten Schattierungen. Auf den Feldern wogte das reife Korn und neigte seine vollen Ähren. An den Berghängen läuteten die Ziegen mit ihren Glocken, die sie um den Hals trugen. Manchmal kam ihnen ein Reiter auf einem Maultier entgegen und grüßte mit einem freundlichen »Kalispéra«.

Autos und Motorräder gab es auf der Insel noch nicht, nur ein paar dreirädrige Lastkarren. Fast unbeleckt von der Zivilisation schien dieses Inselchen, richtig für Georg, der malen, und Ruth, die ausspannen wollte von der Hektik des Alltags.

Als sie später in die Pension zurückkamen, hatte das holländische Pärchen in der Küche ein Chaos angerichtet. Beide hantierten mit Töpfen und Pfannen. Die ältere Holländerin saß am Küchentisch, trank Retsina und sah ihren Landsleuten zu. Sie gab Ruth und Georg den Rat, in Vasilias Taverne zu gehen. Vasilia koche gut und sie spreche gern deutsch, da sie viele Jahre in Bremen gelebt habe. Georg und Ruth bedankten sich für diesen Tipp und kehrten sofort der unordentlichen Küche den Rükken, um in die Taverne zu gehen.

»Ich mag die jungen Leute nicht«, sagte Ruth. »Sie wirken arrogant und rücksichtslos.«

»Das empfinde ich ähnlich«, sagte Gerd.

Bei »Vasilia me kali kardia« (Vasilia mit dem guten Herzen) waren sie die einzigen Gäste. Sie aßen Omlett mit Kartoffeln, Kopfsalat und tranken kühlen, herben Retsina. Mama Vasilia versprach ihnen, morgen für sie ein Gemüsegericht zuzubereiten. Aber im Mai, wenn noch kaum Gäste kamen, koche sie Gemüse nur auf Bestellung.

»Kommen die Segler nicht in die Taverne zum Essen?« wollte Georg wissen. Er deutete auf die drei Yachten, die neben der griechischen Flagge auch die deutsche gehißt hatten.

»Sie gehen nicht essen und nicht wandern! Ich weiß nicht, was diese Leute den ganzen Tag in ihren Booten machen«, sagte Vasilia und entblößte ihren einzigen Vorderzahn beim Lachen. »Was für ein Urlaub! Das junge Pärchen mit dem Hund kommt auch nie, nur manchmal die ältere Holländerin.«

Augenzwinkernd verschwand die Tavernenwirtin in der Küche.

Von der weiträumigen Terrasse sahen Ruth und Georg den roten Sonnenball ins Meer sinken. Schweigend saßen sie und tranken den harzigen Wein. Still war es, nur der leise Ruf einer Eule ertönte in der Ferne. Der

Wind hatte sich gelegt, sanft schaukelten die Fischerboote auf dem dunklen Wasser, in dem sich die ersten Sterne spiegelten.

In der Küche der Pension saßen ihre Mitbewohner und tafelten. Der Hund lag brav unter dem Tisch und fraß von einem Teller Hackfleischbällchen. Georg und Ruth wünschten einen guten Abend und verschwanden rasch in ihr Zimmer.

Ruth erwachte durch die schrillen Schreie der Möwen. Die gierigen Vögel begleiteten wie jeden Morgen die mit dem Fang heimkehrenden Fischer. Ruth stand auf, um Wasser für den Tee zu kochen. Die ältere Holländerin saß im Morgenrock am Küchentisch und rauchte. Die Spuren des gestrigen Festmahls waren noch nicht beseitigt. Im Wassertopf hatte jemand Milch gekocht und anbrennen lassen. Den Topfboden bedeckte eine dicke, schwarze Kruste. Ruth öffnete alle Schränke, konnte aber kein anderes Gefäß zum Wasserkochen finden.

»Haben Sie das gemacht?« fragte Ruth und hielt ihrer Mitbewohnerin den schmutzigen Topf unter die Nase.

»Nein, das waren die jungen Leute.«

»So eine Sauerei«, schimpfte Ruth. »Was bilden sich ihre Landsleute eigentlich ein? Dies ist eine Gemeinschaftsküche, und wenn sie die nicht ordentlich verlassen, sollten sie in Zukunft besser in der Taverne essen. Schließlich wohnen sie hier nicht allein! Und im übrigen sagte Maria, daß der Hund in der Küche nichts verloren hat. Bitte sagen sie ihnen das auch!«

»Der Hund ist brav und die jungen Leute sind nett.

Aber es sind eben Künstler, und die nehmen es mit dem Haushalt nicht so genau …«

»Dann sollten sie sich ein Haus mieten, wo sie niemandem auf den Wecker gehen!«

Die Holländerin zündete sich eine neue Zigarette an und schwieg. Ruth nahm den schmutzigen Topf und suchte Maria. Diese gab ihr einen von ihren Töpfen und empfahl, diesen im Zimmer zu lassen. Ruth bedankte sich und stieg wieder hinauf in die Küche. Die Holländerin hatte sich verzogen, vielleicht war sie beleidigt. Ruth zündete das Gas an und wartete, bis das Wasser kochte. Dann brühte sie den Tee auf und nahm anschließend Topf, Teekanne und Tassen mit ins Zimmer. Georg schlief noch tief und fest.

»Kaliméra, es ist Zeit zum Aufstehen, auch für Langschläfer! Stell dir vor, die jungen Holländer haben die ganze Küche versaut, und ich mußte erst bei Maria einen neuen Topf organisieren. Der bleibt in unserem Zimmer!«

Georg und Ruth genossen die erste Tasse Tee auf dem Balkon und konnten sich an dem wunderbaren Ausblick nicht sattsehen.

»Heute möchte ich hier bleiben und malen«, sagte Georg.

Ruth war einverstanden. Nach dem Frühstück packte Georg seine Utensilien aus und begann ein Aquarell zu malen. Ruth nahm sich die Odyssee und las. Manchmal schaute sie auf und genoß den weiten Ausblick auf das Meer, die Ruhe und die gute Luft. Beide genossen sie die friedliche Atmosphäre, mit der es schlagartig vorbei war, als die Holländer mit dem Hund auftauchten und in der Küche Vorbereitungen für das Abendessen trafen. Spannung lag in der Luft. Ruth war innerlich geladen, und so flohen sie lieber zu Mama Vasilia, die ihnen gefüllte Tomaten und gebratene Auberginen versprochen hatte. Wie am Vortag saßen sie allein auf der weinumrankten Terrasse, aßen und tranken und blickten dabei auf das Meer, das von einer leichten Brise bewegt wurde. Die Segler hockten auf ihren Booten und unterhielten sich. Von fern ertönte wieder der Ruf einer Eule.

Das ständige Hin- und Herlaufen des Hundes auf dem Balkon weckte Ruth. Als es nach einer Weile seltsam ruhig wurde, nahm sie den Wassertopf und öffnete die Balkontür. Fast wäre sie über den Hund gestolpert, der am Boden lag und einen Ziegenkäse fraß, den er vom Tisch heruntergeholt hatte. Kurz und prüfend blickte das Tier sie an, dann fraß es ruhig weiter, als sie an ihm vorbei zur Küche ging. Später, als sie mit dem Tee zurückkam, waren Hund und Käse verschwunden, nur ein paar kümmerliche Überreste des kostbaren »Misithra« lagen noch verstreut auf dem Steinboden.

»Kaliméra«, sagte Ruth, stellte den Tee auf den Tisch und gab Georg einen Kuß.

»Schon wieder Zeit zum Aufstehen?« Georg blinzelte sie verschlafen an.

»Es ist noch früh, aber der Hund hat mich geweckt.«

»Wie denn?« Georg gähnte.

»Er lief ständig umher, dann wurde es ganz still, so daß ich nachsah. Und stell dir vor, dieser Hund hat doch tatsächlich einen Käse gefressen.«

»Was?« Georg lachte amüsiert. »Wenn das Maria merkt …«

»Ich werde es ihr gleich sagen.«

»Glaubst du nicht, daß wir dann Ärger mit den Hundebesitzern bekommen?« Georg trank einen Schluck Tee und sah Ruth dabei skeptisch an.

»Und wenn schon«, ereiferte sie sich, »ich muß es Maria sagen, bevor er auch noch die anderen Käse vertilgt, jetzt, wo er auf den Geschmack gekommen ist …!«

Ruth hörte, wie sich Maria vor dem Haus mit einer Nachbarin unterhielt. Sie lief auf den Balkon und rief: »Kaliméra, Maria. Ella epano, grigora! O skilos efage to tiri!« (Guten Morgen, Maria. Komm schnell nach oben! Der Hund hat den Käse gefressen.)

Der Schauspieler stürzte auf den Balkon, warf den Kopf in den Nacken, daß seine lange Mähne nach hinten flog, blitzte Ruth zornig an und fauchte: »Wenn Sie sich über den Hund beschweren wollen, so tun Sie das bei mir und nicht bei Maria!«

»Er hat aber Marias Käse gefressen und nicht meinen«, konterte Ruth.

»Der Hund frißt keinen Käse! Wahrscheinlich war es Brot.«

»Brot«, lachte Ruth lauthals, »einen Käse hat er gefressen, einen der kostbaren hausgemachten Misithra. Die Spuren sind noch sichtbar, überzeugen Sie sich doch selbst.«

Der Schauspieler in seinem weinroten Schlafanzug eilte an Ruth vorbei und mußte erkennen, daß sie die Wahrheit gesagt hatte. Er stieß ein paar Flüche aus und rief nach dem Hund, den er laut schalt. Dann verschwand er, ohne sie eines Blickes zu würdigen, mit dem Tier in sein Zimmer.

»Eine Szene wie im Theater«, sagte Georg amüsiert.

»Er ist ja auch Schauspieler«, meinte Ruth.

»Du warst aber auch fabelhaft in deiner Rolle.« Georg betrachtete sie lächelnd. »Am besten gehen wir heute wandern, denn bei dieser gespannten Atmosphäre hier kann ich nicht kreativ sein.«

Ruth war einverstanden. So verließen sie nach dem Frühstück die Pension und folgten einem Eselspfad in südlicher Richtung. Bald sahen sie das Dorf mit seinen weißen Häuserkuben, überragt von den blauen Kuppeln der großen Kirche, aus der Bucht herauf grüßen. Aquamarinblau schillerte das Meer, der Duft von wildem Thymian erfüllte die Luft. Sie pflückten etwas ab von dem stark duftenden Kraut, um sich einen Hauch von Griechenland mit nach Hause zu nehmen. Gatter versperrten immer wieder den Pfad. Sie hinderten die Ziegen am Weglaufen. Bei einem einsamen Gehöft trafen sie ein Mädchen, das mit zwei Zicklein spielte. Die Mutterziege hatte pralle Euter, von denen die Kleinen manchmal tranken, nie lange. Sie waren sehr verspielt, erst zehn Tage alt, wie das Mädchen sagte. Ruth nahm eines der possierlichen Geschöpfe, das schwarz-weiß gescheckt war, auf den Arm. Sein Fell fühlte sich seidenweich an. Das Zicklein brachte sein Schnäuzchen nahe an Ruths Gesicht und beleckte es mit der rauhen Zunge. Georg machte ein paar Skizzen in sein Buch, dann verabschiedeten sie sich und gingen weiter, bis sie eine Bucht erreichten, in der eine Taverne lag. Dort kehrten sie ein, bestellten Bauernsalat, Tsatsiki und Retsina.

»Ist der Feta von der Insel?« wollte Ruth von der Wirtin wissen.

»Oh nein, der kommt aus Deutschland!«

»Aus Deutschland?« fragte Ruth ungläubig. »Ich wußte gar nicht, daß bei uns Schafskäse hergestellt wird.«

»Reiner Schafskäse ist das auch nicht! Der deutsche Feta ist eine Mischung aus Kuh- und Schafsmilch.«

»Nein, so etwas«, staunte Georg. »Da erzählen wir zu Hause immer, wie gut der Bauernsalat mit dem griechischen Feta schmeckt, und dann kommt dieser aus heimischen Landen ...«

»In der Nähe von Hamburg gibt es eine große Fabrik, die von einem Griechen geleitet wird.«

»Wird denn in Griechenland nicht genug Schafskäse hergestellt?« wollte Ruth wissen.

»Doch, schon, aber er ist teurer, deshalb verwenden wir ihn selten. Die Spezialität von Lipsi ist der Misithra, ein Ziegenkäse, den jede Familie selbst herstellt. Verkauft wird er jedoch nicht, ebensowenig wie der Wein, der nur noch für den eigenen Bedarf angebaut wird.«

»Das ist aber sehr schade«, meinte Ruth. »So gehen um des Geldes willen alte Traditionen kaputt!«

»Sehen Sie«, sagte die Frau, »auf dieser Insel arbeiten auch die jungen Leute noch als Bauern oder Fischer, während auf den größeren, touristisch erschlossenen Inseln die Felder brach liegen. Die Feldarbeit ist mühsam und bringt nicht viel ein. Im Tourismusgeschäft kann man besser verdienen ...«

»Einerseits ist es verständlich«, meinte Georg, »doch andererseits auch traurig. Durch die Globalisierung wird eines Tages alles Ursprüngliche verschwinden und die einzelnen Länder werden sich nur noch durch die verschiedenen Sprachen unterscheiden. So hat ja auch die Europäische

Gemeinschaft viel Schaden angerichtet mit ihren normierenden Vorschriften. Vieles wird dadurch zerstört!«

»Ti na kanoume?« (Was sollen wir machen?) Die Frau lächelte und ging ins Haus.

Ruth und Georg ließen es sich schmecken, auch wenn sie um eine Illusion ärmer geworden waren. Sie sahen dem Spiel der Möwen zu und lauschten auf das sanfte Plätschern der Wellen. Manchmal tuckerte ein Kaiki vorbei, weit entfernt vom Ufer. Am Horizont grüßten andere Inseln, größere, die der Tourismus bereits verdorben hatte.

Georg begann zu malen und Ruth saß still, in Betrachtung des Meeres versunken. So verging die Zeit, und als sie die Taverne verließen und sich von der netten Besitzerin verabschiedeten, war es bereits früher Nachmittag. Sie wanderten zurück über den Pfad mit den vielen Gattern, die sie jedesmal sorgfältig hinter sich verschlossen, ständig begleitet vom Geläut der Glocken, die die Ziegen um den Hals trugen. Leichtflügelig und schnell schwirrte ein Pirol vorüber. Sein gelbes Gefieder blitzte wie ein Goldtopas in der Sonne.

Als sie ins Dorf zurückkehrten, hatte ein Hirte, der auf einem Maultier ritt, eine große Ziegenherde zum Brunnen getrieben, wo er die Tiere tränkte. Drei Hunde wachten darüber, daß die Herde zusammenblieb. Mit lautem Geläut verschwanden die Tiere, nachdem sie getrunken hatten, angetrieben von dem reitenden Hirten mit seinen Hunden. Es war das gleiche Schauspiel, das Ruth gestern vom Balkon aus beobachtet hatte.
Im Hafen, wo die bunten Fischerboote sich drängten, legte soeben das kleine Fährschiff an. Ruth und Georg

sahen von weitem, wie das holländische Pärchen mit dem Hund an Bord ging. Noch ungläubig, aber erleichtert, blickten sie ihnen nach.

Maria stand vor der Pension und strahlte.

»Sie sind weg«, sagte sie aufatmend, »und den Ziegenkäse haben sie mir auch bezahlt …«

Manolis

Ich traf Manolis an einem Samstagabend in der einzigen Taverne der Chora. Er blies die Zampuna, ein Instrument, das aus einem Ziegenbalg bestand und einem Dudelsack ähnelte. Eigenartige, schwermütige Töne hallten durch den hohen Raum, begleitet von rhythmischen Trommelschlägen eines zweiten Musikanten. An den hölzernen Tischen saßen alte Männer, die Mokka tranken und rauchten. Der Qualm stieg zur blauen Decke des Tonnengewölbes empor.

Ich ließ mich am Tisch neben den Musikanten nieder und lauschte den fremden, traurigen Tönen. Als der Wirt, bei dem ich Schafskäse, Brot, Oliven und Retsina vom Faß bestellte, wenig später Essen und Wein brachte, flüsterte er mir zu: »Das ist Manolis, der Einzige, der auf unserer Insel noch die Zampuna spielen kann. Mein Vater begleitet ihn auf der Trommel.«

Ich sah erst Manolis und dann Stavros' Vater an. Die beiden mochten um die sechzig sein, vielleicht auch jünger. So genau konnte man das bei den Inselgriechen nie schätzen, denn Sonne, Wind und Meer ließen die Menschen hier früher altern als bei uns. Stavros' Vater hielt eine mit Ziegenhaut bespannte Blechbüchse, die er mit zwei Holzschlegeln bearbeitere, in der Armbeuge. Die gleichförmigen Trommelschläge und die seltsam wehmütigen Töne der Zampuna versetzten mich in eine eigenartige Stimmung, während ich von dem geharzten Wein trank und mein Essen verzehrte.

Als die beiden Musikanten eine Pause machten, bat

ich Stavros, eine Karaffe Retsina an ihren Tisch zu bringen. Daraufhin forderten sie mich auf, an ihrem Tisch Platz zu nehmen und mit ihnen zu trinken. Meine Griechischkenntnisse waren durch die vielen Reisen so weit fortgeschritten, daß ich mich unterhalten konnte. Das erleichterte mir den Kontakt zu den Einheimischen. An diesem Abend schlossen Manolis und ich Freundschaft. Er erzählte mir von der Arbeit auf seinen Feldern, die mehr als eine Wegstunde vom Dorf entfernt lagen, und von seiner Tätigkeit als Baumeister von Tonnengewölben. Leider, so sagte er, könne er diese Arbeit nur noch selten ausführen, da auch die Griechen auf den Inseln immer häufiger die billigen und schnelleren Betonbauten bevorzugten …

»Du mußt mich einmal begleiten, wenn ich zu den Feldern reite, Peter«, sagte Manolis und hob sein gefülltes Glas.

»Sehr gern, Manolis«, sagte ich und prostete ihm zu.

Die Gläser klirten, und schon schwirrte mir der Kopf von dem starken Wein. Manolis nahm die Zampuna und begann wieder zu spielen. Sofort verstummten die lauten Stimmen. Der Zigarettenqualm war unerträglich geworden, seit Stavros Tür und Fenster geschlossen hatte wegen des Sturms, der draußen tobte und die Drähte zum Singen brachte. Als ich später bezahlte, konnte ich die Karaffen Wein nicht mehr zählen. Aber Stavros hatte alles notiert und entließ mich mit einem freundschaftlichen »Kalinichta«.

»Kalinichta, Peter«, rief mir Manolis zu, der mir noch ganz nüchtern vorkam. Ich wankte, benebelt vom Retsina, durch die dunklen Gäßchen der Chora zu meinem

Quartier. Hell glitzerten die Sterne am nachtschwarzen Himmel, und immer noch heulte der Aprilsturm in den Telefonleitungen. Es mußte weit nach Mitternacht sein. Ich fiel, kaum entkleidet, in mein Bett und schlief sofort ein.

Am folgenden Morgen schlich ich mich mit brummendem Schädel zu Marias Kafenio. Sie bereitete mir Mokka und Spiegeleier mit Brot. Bei Maria fühlte ich mich zu Hause. Immer berichtete sie mir die Dorfneuigkeiten, und anfangs hatte sie mich sehr genau nach den Zuständen im wiedervereinten Deutschland befragt. Als eingeschworene Pasok-Anhängerin verdammte sie die Konservativen, die Griechenland derzeit regieren, weil ständig alles teurer wurde, die Löhne aber nicht mitzogen. Unter Papandreou sei dies nicht so gewesen, sagte Maria.

»Ti na kanoume?« seufzte sie. «Im Dorf sind jetzt auch schon Veränderungen spürbar. Ich soll dieses Kafenio bald verlassen, das ich nun seit dreißig Jahren bewirtschafte.«

»Und warum?« wollte ich wissen.

»Das Haus soll modernisiert werden, damit eine neue Taverne eingerichtet werden kann, die dann auch touristischen Ansprüchen genügt. Man erwartet bald mehr Urlauber auf der Insel, weil wir so herrliche Sandstrände haben und Santorini nur zwei Schiffsstunden entfernt ist. Das Zauberwort, das mehr Geld und Wohlstand auf diese Insel bringen soll, heißt Tourismus.«

»Und was halten Sie von mehr Tourismus, Maria?«

»Nicht viel, ehrlich gesagt. Ein paar Fremde im Dorf sind gut, denn sie fügen sich harmonisch ein in unseren

Alltag. Zu viele aber werden unsere kleine Insel zerstören, wie es anderswo ja bereits geschehen ist …«

Ich mußte ihr recht geben. Schweigend trank ich meinen zweiten Mokka und das dazugehörige Glas Wasser und blickte durch die geöffnete blaue Holztür über die Gasse und die Flachdächer der darunterliegenden Häuser hinab auf das Meer. Immer noch blies Fortuna und kräuselte das Meer zu weißen Gischtkronen. Ein paar alte Männer kamen. Maria mußte Kaffee kochen. Ich bezahlte und trat hinaus auf die Gasse. Der Duft von unzähligen Blüten erfüllte die Luft und überall summten die Bienen. Wieso konnte man das Paradies immer erst dann erkennen, wenn man aus ihm vertrieben worden war? Gemächlich folgte ich dem Weg, der zum alten Kastro führte.

Am Abend traf ich Manolis wieder in der Taverne. Heute hielt ich mich mit dem Retsina zurück, da wir morgen sehr früh zu Manolis' Feldern aufbrechen wollten. Die Zampuna spielte er heute nicht. Ich fragte ihn warum.

»Dazu benötige ich die »Kefi«, die richtige Stimmung, wie man das bei uns nennt. Außerdem geht mir mit zunehmendem Alter die Luft aus«, lachte er.

»Du rauchst zu viel«, erwiderte ich und fügte hinzu: »wie die meisten Griechen!«

»Was haben wir denn sonst in unserer Weltabgeschiedenheit?«

»Gute Luft, Sonne, Meer und Wind. Mit anderen Worten: eine intakte Natur, die unglaublich schön ist!«

»So könnt nur ihr Stadtmenschen reden. Warte nur

bis morgen, dann wirst du schon sehen, was Arbeit hier für eine Plackerei ist …«

Ich verabschiedete mich heute früher als gestern. Manolis jedoch blieb und sprach weiterhin dem Retsina zu.

Vor der Haustür meines Vermieters lag der Hund und wartete darauf, daß ich ihn kraulte. Erst nachdem ich ihn gestreichelt hatte, gab er den Weg frei. Die griechischen Haustiere schienen sehr dankbar für jede menschliche Zuwendung.

Manolis wartete mit zwei Maultieren vor seinem Haus. Er ließ mich aufsitzen und gab mir die Anweisung, das Tier mit den Zügeln zu schlagen, falls es nicht schnell genug liefe. Er stieg auf und wir ritten los. Die Chora mit ihren weißen, kubischen Häusern, die sich wie eine Halskrause um den steilen Bergkegel zog, blieb zurück. Im Osten stieg der feurige Sonnenball groß und rot aus dem Meer. Bald verließen wir die Straße und folgten einem der unzähligen Mulipfade, die die Insel wie ein Netz durchzogen. Es duftete nach Salbei und Thymian wie in einem Kräutergarten. Manolis drehte sich zu mir um und sagte: »Dieses Jahr gibt es außergewöhnlich viele Blüten, weil es im Herbst und Winter so viel geregnet hat. Deshalb spielen die Bienen verrückt. Manchmal attackieren sie sogar uns Menschen. Sei also auf der Hut und zieh dir notfalls deine Jacke über den Kopf, wenn wir an den Bienenstöcken vorbeikommen.«

»Endaxi«, erwiderte ich, »aber glaube mir, sie werden mir nichts tun. Tiere greifen mich nie an …«

Schweigend ritten wir weiter. Als das Maultier von

Manolis nicht schnell genug lief, bearbeitete er es mit seinem Stock, an dessen Spitze sich ein rostiger Nagel befand.

»Hör auf, das Tier zu quälen«, schrie ich fast außer mir. »Siehst du nicht, daß es leidet? Es hat schon eine blutende Wunde.«

Manolis hörte auf und sah mich erstaunt an. Dann lachte er übermütig wie ein Kind.

»Was soll deine Aufregung, Peter? Es ist doch nur ein Tier!«

»Tiere leiden genauso wie Menschen, wenn ihnen Schmerzen zugefügt werden. Außerdem haben Tiere auch eine Seele, so wie wir.«

»Du bist sentimental, Peter, wie die meisten Fremden aus den nördlichen Ländern. Benutzt ihr die Tiere nicht im großen Stil für Forschungszwecke und züchtet sie, nur um sie zu essen?«

»Ja, leider ist dies so. Doch ich bin dagegen«, sagte ich eine Spur kleinlauter.

Manolis hatte recht. Unser Verhältnis zu Tieren war mehr als zwiespältig. Unsere Tierliebe erschöpfte sich bei den Haustieren, vielleicht noch bei den Vögeln vor unseren Fenstern. Wer aber dachte über sein Konsumverhalten nach bei Fleisch und Fisch oder bei der Verwendung von Medikamenten und Kosmetika, die an Millionen Tieren stets aufs neue getestet wurden …

Die Bienen summten in den Blüten am Wegrand. Ich fürchtete sie nicht und fragte mich, was Manolis damit meinte, daß sie in diesem Jahr aggressiv seien.

Nach einer guten Stunde erreichten wir das Anwesen. Ein kleines Steinhaus mit Tonnengewölbe stand auf dem

Grundstück. Manolis hatte mir erzählt, daß er im Sommer auch manchmal hier draußen übernachtete. Er öffnete das Haus, dann schöpfte er Wasser aus der Zisterne und kochte uns einen starken Mokka.

»Weißt du, Peter, wir hier sind mit den Tieren noch gnädig. Im Herbst schießen wir sie nicht ab, wie das auf den touristischen Inseln üblich ist.«

»Welche Tiere?« fragte ich entgeistert.

»Hunde und Katzen, die kein Halsband tragen. Sie vermehren sich zu schnell, weil sie in der Saison von den Touristen gefüttert werden.«

»Was seid ihr bloß für Barbaren«, stieß ich empört hervor.

»Wir erschießen keine Haustiere, weil es bei uns keine streunenden Hunde und Katzen gibt. Nur Zugvögel, die schießen wir – paff, paff …« machte Manolis und lachte dabei listig.

Ich merkte, daß es keinen Zweck hatte, weiter mit ihm über dieses Thema zu diskutieren. Ich hätte ihm erklären können, daß Pythagoras, Sokrates und Plato aus ethischen Gründen Vegetarier waren, doch dies hätte Manolis wahrscheinlich wenig beeindruckt. Die Griechen, wie übrigens alle Südländer, betrachteten Tiere als Sachen, mit denen man beliebig umgehen konnte. Aber ich mußte auch daran denken, daß wir Deutschen selbst im Glashaus saßen, daß es bei uns Tierquälereien im großen Stil gab, wogegen dies hier fast als Bagatelle erschien: Subventionierte Viehtransporte, bei denen die Tiere ohne Wasser und Futter in engen Waggons eingepfercht dahinvegetieren mußten, oder die Massentierhaltung und die gräßlichen Tierversuche im Namen der

Wissenschaft! Nur bei uns waren wenige aktiv daran beteiligt, passiv – durch ihr Konsumverhalten – aber fast alle!

Wir begannen mit der Arbeit, die wir mittags für eine kurze Brotzeit unterbrachen. Ich half Manolis beim Unkrautjäten und beim Auflockern des steinigen Bodens. Zwischen den Weinstöcken grub Manolis mehrere Plastikschüsseln in die Erde, so daß nur noch der Rand herausragte. Ich fragte ihn nach dem Sinn, aber er wollte mir erst später sagen, wozu das gut war. So arbeiteten wir still weiter. Die Sonne brannte von einem wolkenlosen Himmel. Bald schon schmerzte mein Rücken von der gebückten Haltung. Auch das Bewässern der Felder strengte mich an.

»Diese Arbeit ist wirklich mühsam«, sagte ich, während ich versuchte, durch ein paar Streckübungen meine Muskeln zu entspannen.

»Siehst du«, lachte Manolis, »genau das habe ich dir gesagt. Da bleibt keine Zeit für Romantik …«

Manolis erntete ein paar Salatköpfe und prüfte die Tomaten, die ihm noch nicht reif genug schienen. Endlich erfuhr ich den Zweck der eingegrabenen Schüsseln. Sie dienten als Falle für Eidechsen.

»Wozu fängst du diese Tiere?« fragte ich, während mich eine böse Vorahnung beschlich.

»Das wirst du gleich sehen.«

Manolis ging zum Haus und kam mit einem schweren Stein zurück. Damit erschlug er die gefangenen Eidechsen. Entsetzt versuchte ich seinem Treiben Einhalt zu gebieten, konnte aber nur noch ein paar Tiere retten.

Manolis schalt mich einen sentimentalen Narren und belehrte mich, daß er die Tiere rechtzeitig dezimieren müsse, sonst bliebe von seinen Weintrauben nichts übrig. Dieser brutale Umgang mit den unschuldigen Geschöpfen deprimierte mich zutiefst. Leider mußte ich mir eingestehen, daß diese Methode auch nicht viel schlimmer war als das Bombardement mit Insektiziden, das weltweit auf die Äcker rieselte …

Manolis aber fühlte sich nicht schuldig. Für ihn gehörte das Töten von Tieren als Notwendigkeit zu seinem Alltag. Ich wußte, daß wir uns auf diesem Gebiet niemals würden verständigen können und schwieg deshalb beharrlich, als wir uns auf den Rückweg machten.

»Wir reiten über die Klippen zurück, das geht schneller«, entschied Manolis, der fröhlich eine Melodie zu pfeifen begann, die er am Samstagabend auf der Zampuna gespielt hatte. Wir erreichten den Klippenweg, der steil zum Meer hin abfiel. In dem blühenden Salbei summten die Bienen. Ich atmete den Duft der Wildkräuter tief ein und genoß den herrlichen Ausblick auf das azurblaue Meer. Plötzlich umschwärmten uns die Bienen. Ich verhielt mich ganz ruhig, während Manolis vor mir mit den Händen um sich schlug. Sein Maultier, das ebenfalls attackiert wurde, machte ein paar heftige Sprünge. Dabei warf es Manolis ab, der mit einem Schrei in die Tiefe stürzte. Entsetzt blickte ich in den gähnenden Abgrund. Ich hörte Manolis schreien und rief ihm zu, daß ich Hilfe holen würde. Rasch band ich sein Maultier an das meinige und ritt so schnell ich konnte in die Chora. Die Bienen, die mich weiter umschwirrten, stachen mich nicht. Atemlos erreichte ich nach einer halben Stunde das Kafenio von Maria, der ich alles berichtete. Sie kümmerte sich um die weiteren Schritte. Zwei Fischer fuhren mit ihrem Boot zu der von mir beschriebenen Stelle und brachten Manolis zurück. Er war schwer verletzt. Trotzdem jammerte er nicht. Da es keinen Arzt auf der Insel gab, forderte man in Athen einen Hubschrauber an, der den Verletzten in ein Krankenhaus bringen sollte.

Die letzten Strahlen der Sonne warfen einen goldenen Schimmer auf das Meer. Ich saß auf der steinernen Bank vor der Kapelle, die den Kastrohügel krönte und beobachtete, wie der Hubschrauber auf der Hafenmole landete. Wenige Minuten später stieg er mit dem Verwundeten an Bord wieder auf. Unter mir in der Hauptkirche wurden die Glocken geläutet, so lange, bis der Helikopter am Horizont verschwand.

Manolis hatte die schweren inneren Verletzungen nicht überlebt. Drei Tage nach dem Unglück brachte ein Priester aus Athen seinen Leichnam mit dem Fährschiff zurück auf die Insel. Das ganze Dorf trauerte um seinen letzten Zampunaspieler.

An langen Stangen befestigte Kränze lehnten an der Außenwand der Hauptkirche, in der der Sarg stand. Ich kam, bevor die Totenmesse begann, um mich in aller Stille von Manolis zu verabschieden. Es war mir sehr sonderbar, wenn ich an das Unglück dachte und an seinen letzten Tag, den wir zusammen verbracht hatten. In den Sargdeckel war in Kopfhöhe ein Fenster eingelassen, durch das man das Gesicht des Toten sehen konnte. Es wirkte starr wie eine Maske. Ich zündetet eine große Kerze an, dann setzte ich mich in eine der Bänke, um zu beten.

Die Totenfeier dauerte lange, wie alle Feiern bei den orthodoxen Griechen. Die melodischen Gesänge und der Duft des Weihrauchs versetzten mich in einen merkwürdigen Schwebezustand, so daß ich die Menschen um mich herum nur noch schemenhaft wahrnahm.

Nach der Totenfeier trug man den Sarg zum Friedhof, der am Eingang des Dorfes lag. Alle Dorfbewohner gaben Manolis das letzte Geleit. Auch ich schloß mich dem Trauerzug an. Von dem zypressenbestandenen Friedhof blickte man auf die Chora und über steil abfallende Terrassenfelder auf das türkisfarbene Meer, das heute glatt wie ein Spiegel dalag.

Der Sargdeckel wurde noch einmal geöffnet. Dem Toten wurden Kopf und Füße geölt, dann schwenkte der Priester das Weihrauchgefäß über dem Sarg, bevor man ihn wieder verschloß und unter einer Kapelle in eine enge, steinerne Gruft versenkte. Als die schwere Steinplatte die Öffnung bedeckte, zerstreuten sich die Trauergäste, um sich bei Stavros zum Leichenschmaus zu setzen.

Ich blieb als Einziger zurück, da mir nicht nach geselligem Beisammensein zumute war. Alles schien mir unwirklich wie ein Traum, in dessen Stille nur das Summen der Bienen drang und der ewige Gesang der Zikaden.

Der Schutzengel

Der Sturm fegte das Laub von den alten Buchen. Heftig fiel der Regen vom Himmel und durchnäßte auf dem kurzen Stück vom Haus zum Wagen die beiden Urlauber, die in dieser Nacht nach Italien aufbrachen. Ralf startete und schaltete das Radio an.

»Vielleicht hätten wir besser bis zum Morgen warten sollen«, murmelte Marion, immer noch schlaftrunken.

»Das Wetter kann man sich nicht aussuchen; nachts kommen wir jedenfalls besser voran. Schlaf ein bißchen; in zwei Stunden können wir dann wechseln.«

Marion lehnte sich im Sitz zurück und blickte schläfrig auf die ausgestorbenen Straßen. Im fahlen Licht der Laternen wehten bunte Blätter über den regennassen Asphalt. Schwarz und bewegungslos schien der große Strom in seinem einbetonierten Bett. Von der Altstadt her kamen ein paar Nachtschwärmer.

»Weck mich, wenn du müde wirst«, sagte Marion und fiel bald darauf in einen dämmrigen Schlaf.

Ralf blickte auf die Uhr, die zehn Minuten vor vier zeigte. Auf der Südbrücke riß der Wind den kleinen, leichten Wagen fast von der Fahrbahn. Ralf hatte Mühe, gegenzusteuern und mußte sich voll konzentrieren. Marion schien fest zu schlafen. Ausgerechnet jetzt, wo sie in Urlaub fuhren, hatte sich der goldene Oktober verabschiedet. Aber in Italien würde das Wetter bestimmt noch gut sein.

Verona, Venedig, Florenz – Ralf dachte an ihre Hochzeitsreise, die sie vor zehn Jahren nach Italien gemacht hatten. Den zehnten Hochzeitstag wollten sie in Venedig feiern – zu zweit und ohne Familie.

Der Sturm kam in Böen von der Seite. Zum Glück waren kaum Lastwagen unterwegs. Kurz nach sechs schreckte Marion hoch.

»Laß mich fahren«, sagte sie in einem bestimmten Ton.

»Warum? Ich bin noch nicht müde, und außerdem fährt es sich sehr sehr schlecht bei diesem Sturm und Regen. Schlaf doch noch«, sagte Ralf beschwichtigend.

Er wunderte sich über Marion, die sich sonst niemals um das Autofahren gerissen hatte.

»Ich muß jetzt fahren«, beharrte Marion. »Halte bitte bei der nächsten Möglichkeit an, es ist mir sehr wichtig!«

»Was ist eigentlich los?«

»Frag mich nicht, ich weiß darauf auch keine Antwort; doch laß mich schnellstmöglich ans Steuer.«

»Ok, reg dich nicht auf, bei der nächsten Möglichkeit kannst du übernehmen.«

Ralf schwieg beleidigt. Was mochte bloß in Marion gefahren sein? So verrückt hatte sie sich noch niemals benommen. Er steuerte den nächsten Rastplatz an, stieg schweigend aus und setzte sich auf den Beifahrersitz. Marion hatte sich nicht einmal die Mühe gemacht, den Wagen zu verlassen, sondern war schnell hinter das Steuer gerutscht, stellte Sitz und Spiegel ein, schnallte sich an und startete. Als sie auf der Einfädelungsspur beschleunigte, ertönte hinter ihnen die Sirene eines Polizeiwagens, der mit Blaulicht angerast kam. Marion nahm den Fuß vom Gas und fuhr langsam in die rechte

Spur ein. Sie schaltete die Warnblinkanlage an und fuhr langsam weiter. Bald näherten sie sich dem Polizeiwagen. Die Beamten hatten die Fahrbahn notdürftig abgesperrt. Einer der Beamten winkte sie auf die Standspur. Nach hundert Metern sahen sie einen weißen Mercedes quer über der Fahrbahn auf dem Dach liegen. Der Wagen schien in die Leitplanken gerast zu sein und hatte sich dabei überschlagen. Hinter dem Lenkrad hing eine zusammengesunkene Gestalt.

»Ich habe eine Gänsehaut«, sagte Marion, als sie nach der Unfallstelle wieder auf die reguläre Spur wechselte.

»Hast du dich deshalb vorhin so merkwürdig verhalten?«

»Wahrscheinlich. Eine innere Stimme befahl mir, sofort das Steuer zu übernehmen. Diese Stimme war so gebieterisch, daß ich ihr gehorchen mußte, ohne zu wissen, was es damit auf sich hatte …«

»Unglaublich! Hättest du nicht darauf gehört, wären wir jetzt sicherlich tot oder schwer verletzt. Diese zwei Minuten auf dem Rastplatz haben uns das Leben gerettet«, meinte Ralf erschüttert.

»Wir haben meinem Schutzengel zu danken! Er hat mich gewarnt.«

»Und mein Schutzengel, warum hat er nicht aufgepaßt?«

»Bestimmt hat er dir ein Zeichen gegeben, aber du hast nicht darauf geachtet.«

Ralf legte seine Hand auf die von Marion und dachte an die Kinder.

»Jeden Abend bitte ich meinen Schutzengel um die Fähigkeit, seine Zeichen zu erkennen. In San Marco werde ich eine Kerze für ihn anzünden. Habe ich dir jemals gesagt, daß er Michael heißt?«

»Nein«, sagte Ralf und schwieg gedankenverloren.

Der Sturm jagte die Regenwolken für einen Moment auseinander und ließ ein Stück unverhangenen Himmel sehen, an dem hell und strahlend der Morgenstern leuchtete.

Der Kranz

Wortlos verließ Wilfried das Lokal. Ich saß vor meinem leeren Weinglas, unfähig, mich zu erheben und ebenfalls zu gehen. Schließlich winkte ich dem Kellner und bestellte noch ein Viertel von dem trockenen Weißen. In meinem Kopf drehten sich die Gedanken im Kreis. Ich mußte diese Beziehung zu Wilfried beenden, die eine Mischung aus Liebe, Leidenschaft und Haß war, und die ihre Wurzeln in einem früheren Leben hatte, wo wir als Paar gescheitert waren. Wir konnten nicht zusammen leben, aber auch nicht ohne einander! Diesen Teufelskreis mußte ich irgendwie durchbrechen.

Die Musikbox dudelte, die Menschen um mich herum lachten und redeten. Ich aber fühlte mich traurig und mutlos und zermarterte mir den Kopf, wie ich es schaffen konnte, mich von Wilfried zu lösen.

»Weiße Rosen für eine Liebe, die für mich gestorben ist …« tönte es aus der Musikbox. Ich horchte auf. Wie ein Blitz durchzuckte es mich. Der Anfang dieses Liedes – das war die Lösung. Ich würde Wilfried einen Kranz mit weißen Rosen schicken zum Abschied, als letzten Gruß.

Am nächsten Mittag eilte ich in der Pause in das größte Blumengeschäft unserer Stadt.

»Was darf es denn sein, mein Fräulein?«

»Ich möchte einen Kranz mit weißen Rosen besteckt.«

»Und was soll auf der Schleife stehen?«

»Letzter Gruß: weiße Rosen für eine Liebe, die für mich gestorben ist – Julia.«

Die Verkäuferin notierte den Satz und fragte: »Wann sollen wir den Kranz zum Friedhof bringen und zu welcher Beerdigung?«

Ich schluckte nervös, nahm dann allen Mut zusammen und sagte: »Der Kranz soll nicht auf den Friedhof, sondern morgen vormittag zur Deutschen Bank. Herr Wilfried Roth ist der Empfänger. Veranlassen Sie bitte, daß der Kranz unter allen Umständen in der Bank bleibt, wie immer Herr Roth sich dazu auch äußern mag!«

Ungläubig starrte mich die ältliche Verkäuferin an. Wie ein Fisch, der nach Luft schnappt, öffnete sie den Mund und stieß hervor: »Ist das Ihr Ernst?«

»Natürlich, und ich bezahle, was Sie verlangen.«

Die Verkäuferin rechnete und nannte einen Preis, der zwar hoch schien, doch ich akzeptierte ihn ohne Einspruch. Als ich den Laden verließ, sagte ich: »Vergessen Sie nicht, daß der Kranz in der Deutschen Bank bleiben muß!«

Das Lehrmädchen stand in der Ecke und kicherte. Ich atmete auf, als ich draußen war. Ein Alpdruck begann von mir zu weichen. Hell und warm tanzten die Strahlen der Frühsommersonne auf dem alten Kopfsteinpflaster. Gut gelaunt ging ich in die nahegelegene Eisdiele.

Ohne sich lächerlich zu machen, konnte Wilfried nun nicht mehr zu mir zurückkommen. Im September würde ich meine Stelle in Paris antreten, und bis dahin mußten der Kranz und das Gerede der Leute einen Schutzschild um mich bilden.

An einem lauen Sommerabend, sieben Tage nach der Kranzauslieferung, saß ich mit meiner Freundin Sabine in dem Gartenlokal »Zum Seehas«. Als Wilfried hereinkam, fühlte ich, wie ich errötete. Wortlos und feindselig blickten wir einander an, als Wilfried grußlos vorüberging. Er setzte sich an den Nebentisch. Ich hörte wie er einen Obstler und ein Pils bestellte.

»Komm, Julia, wir gehen«, drängte Sabine.

Doch ich wollte nicht und blieb, als Sabine ging. Ich wartete, worauf, wußte ich nicht. Nur noch wenige Gäste saßen verstreut an den Tischen unter den alten Kastanien.

»Guten Abend, Julia. Darf ich mich zu dir setzen?« fragte Wilfried, der plötzlich neben mir stand.

Ich sah nicht auf, sondern zuckte mit den Schultern und schwieg.

»Du bist die verrückteste Frau, die ich kenne … Mit dem Kranz hast du mich in schreckliche Verlegenheit gebracht. Was hast du dir bloß dabei gedacht?« sagte Wilfried wütend und hilflos zugleich.

»Ich wollte einen Schlußpunkt setzen, endgültig – du weißt doch warum …«

Ich wandte mich ab und blickte stumm auf den Boden. Nach einer Weile, Wilfried hatte sich neben mich gesetzt, fragte ich zögernd: »Waren viele Kunden in der Bank, als der Kranz ausgeliefert wurde?«

Wilfrieds grüne Augen sprühten Funken, als er erwiderte: »Wenn ich nur daran denke, könnte ich dich jetzt noch erwürgen, so peinlich war die Situation! Am späten Vormittag bat man mich telefonisch dringend in die Schalterhalle. Ich saß gerade im Beratungszimmer mit einem Klienten. Als ich, bereits ärgerlich über die Störung, in die Schalterhalle kam, sah ich ein junges Mädchen mit einem großen Totenkranz. Die Schrift auf der Schleife sprang mir sofort ins Auge. Sekundenlang wußte ich nicht, ob ich auf dem Absatz kehrtmachen und verschwinden sollte oder mich der peinlichen Situation stellen. Alle Anwesenden starrten mich neugierig und – wie mir schien – spöttisch an. Eine Stecknadel hätte man fallen hören können. Ich wurde blaß. Vermutlich sah ich aus wie eine Leiche, die den eigenen Totenkranz in Empfang nimmt … Das Mädchen aus dem Blumenladen fragte: »Sind Sie Herr Roth?« Als ich nickte, fuhr sie fort: »Ich soll diesen Kranz für Sie abgeben.«

Ich stotterte: »Bringen Sie ihn zu mir nach Hause.« Dann nannte ich leise meine Anschrift.

»Das darf ich nicht«, erwiderte sie stur. »Bitte nehmen Sie den Kranz jetzt an!«

Damit reichte sie mir den Kranz über den Schalter, drehte sich um und verschwand. Ich blieb zurück mit diesem Monster, das ich verlegen in der Hand hielt, während mich alle Anwesenden unbarmherzig musterten. Entschlossen, diese Angelegenheit zu beenden, nahm ich den Kranz und ging zur Toilette, wo ich ihn liegen ließ. Nach Dienstschluß trennte ich die Schleife ab, zerschnitt alles und steckte es in einen Müllsack. Die Schleife aber habe ich aufbewahrt als Zeichen dafür, daß ich nicht geträumt habe …«

Wilfried winkte den Kellner herbei und bezahlte, dann nahm er meine Hand und sagte bittend:

»Komm heute nacht mit zu mir!«

»Nein, dann wäre der Kranz umsonst gewesen!«

»Morgen früh werden wir uns endgültig trennen, ich schwöre es! Aber laß bitte unsere Beziehung nicht mit dem Totenkranz enden, sondern mit dieser Sommernacht …«

Ich stürzte den Rest Wein hinunter und starrte in das leere Glas. Dann erhob ich mich. Wilfried folgte mir. Der Kies knirschte unter unseren Füßen, als wir das Gartenlokal verließen. Die Straßen lagen ausgestorben im Licht des abnehmenden Mondes. Im stillen Einvernehmen näherten wir uns Wilfrieds Wohnung.

»Erzähl niemandem von heute abend, sonst wirst du erneut zum Gespött der Stadt«, sagte ich, als wir vor Wilfrieds Haustür standen.

»Und du etwa nicht?«

»Ich ziehe bald nach Paris und werde nicht mehr hierher zurückkehren!«

Wir traten in den schwacherleuchteten Hausflur. Mit einem leisen Klicken fiel die Glastür hinter uns ins Schloß.

Die Raben von Tokio

Sie waren überall in der Stadt, bauten in den Baumkronen ihre Nester aus Drahtbügeln, die sie in den Höfen der Reinigungen stiebitzten. Die klugen Überlebenskünstler trotzten der unwirtlichen Megastadt Tokio.

Dies gefiel den Stadtvätern von Tokio gar nicht. Sie riefen eine Kampagne ins Leben, die die Raben vernichten sollte. Es wurden Männer angestellt, die ausschließlich mit dieser Vernichtungsaktion beauftragt waren. Regelmäßig fingen sie Raben ein und sperrten sie in enge Käfige, damit ihr Verhalten wissenschaftlich untersucht werden konnte …

Sie zerstörten die Nester der Vögel, vernichteten die Eier und töteten die Jungtiere. So schwand die Rabenpopulation von Jahr zu Jahr. Die Rabenjäger brüsteten sich mit ihren Taten, fanden ihre Arbeit wichtig und merkten nicht, daß sie dunklen Herren dienten!

Als die klugen Raben fast ausgerottet waren, versammelten sich die letzten Überlebenden und beratschlagten. Sie zogen dies und das in Erwägung, da rauschte plötzlich ein riesiger schwarzer Rabe vom Himmel und ließ sich in ihrer Mitte nieder.

»Freunde«, sprach er, »ich bin Abraxas, der Führer durch die sieben Geisterreiche, durch die alle Verstorbenen wandern müssen, um nachzuempfinden, was sie auf der Erde ihren Mitgeschöpfen angetan haben. Brüder, ihr müßt begreifen, daß die Herzen der heutigen Menschen kalt und versteinert sind: sie kennen kein Mitleid mehr! Deshalb werde ich euch den Weg weisen in ein glücklicheres Land, wo ihr in Frieden leben könnt. Unsere Reise wird nicht ungefährlich sein, denn wir müssen China überfliegen und dort mehrfach rasten. China ist für alle Tiere lebensgefährlich, denn die Menschen dort sind den Tieren feindlich gesonnen. Ich aber werde euch sicher nach Indien geleiten, an einen Meeresstrand, wo die Palmen sanft rauschen und wo ihr glücklich sein werdet. Bevor wir aber aufbrechen können, muß ich alle Vögel von Tokio herbeirufen. Wartet hier so lange, bis ich mit ihnen hierherkomme.«

Abraxas breitete seine mächtigen Schwingen aus und flog davon. Aufgeregt diskutierten die wartenden Raben über diese gefährliche Reise in das neue, verheißene Land …

Plötzlich verdunkelte sich der Himmel. Schwärme von Vögeln aller Art schwebten vom Himmel herab. Unter ihnen befand sich Abraxas. Als alle einen Platz gefunden hatten, sprach Abraxas: »Hört mich an, ihr Vögel von Tokio. Die Einwohner dieser Stadt hassen die Raben und trachten ihnen nach dem Leben. Deshalb sind sie bereits dezimiert bis auf diese kleine Gruppe, in deren Mitte ich mich befinde. Ich werde mit meinen Brüdern nach Indien fliegen – in das Land, wo Tiere geliebt werden und willkommen sind. Euch aber bitte ich, Tokio ebenfalls zu verlassen, diesen Moloch, der nur Übles hervorbringt! Die Menschen hier haben es nicht verdient, daß ihr ihnen im Frühjahr sanfte Lieder singt und die Insekten vertilgt. Verlaßt Tokio und siedelt euch weit draußen auf dem Lande an und kehrt nie wieder in diese Stadt zurück.«

Die Vögel waren einverstanden und bereit zum Aufbruch. Als sie alle losflogen, schwebte eine riesige dunkle Wolke bedrohlich am Himmel. Die Warnschreie Tausender von Vögeln drangen durch Mark und Bein der Menschen, die hilflos in den Himmel blickten. »Was hat das zu bedeuten?« fragten die Kinder ihre Eltern – aber diese wußten darauf keine Antwort.

Als der nächste Frühling kam, sang in Tokio kein Vogel mehr! Nur der tosende Verkehr war zu hören. Als der Sommer nahte, vermehrten sich die Insekten, drangen in die Häuser und wurden zu einer großen Plage. Überall in der Stadt verrichteten sie ihr Werk der Zerstörung. Ihre natürlichen Feinde aber, die Vögel, waren verschwunden und kehrten nie wieder zurück.

Das Chinesenmädchen

Als das Reisen noch bunt und abenteuerlich und die Welt noch nicht vom Netz des globalen Mittelmaßes überzogen war, reisten mein Mann und ich nach Singapur und Indonesien. Damals machte es noch Freude, Menschen aus fremden Kulturen zu begegnen und täglich über Neues und Wunderbares zu staunen. Zu jener Zeit nervte noch kein Handygeklingel, man schickte auch keine ätherischen Sprechblasen als SMS um die Welt, sondern höchstens eine von einem Kalligraphen handgemalte Karte an die Lieben zu Hause.

In Singapur bezogen wir ein einfaches Zimmer in einem alten, traditionellen Chinesenhotel, das nicht weit vom legendären »Raffles« entfernt war.

Chinatown, das ein paar Jahre später abgerissen wurde, lockte uns, aber ebenso Bugis Street, jene Straße, wo sich stets ein buntes Völkchen herumtrieb. Das hatte uns ein Freund berichtet, der schon vor Jahren dort gewesen war.

Nach einem guten Abendessen in einem indischen Restaurant in der Serangoon Road in »Little India«, machten wir uns auf den Weg zu der berühmt-berüchtigten Bugis Street. Essensgerüche wiesen schon von Weitem den Weg.

In Bugis Street brutzelten chinesische Köche in Garküchen bis spät in die Nacht Frühlingsrollen nach Hokkien-Art, kochten Lemak puteh, eine Suppe aus süßen Kartoffeln und Kokosfleisch oder die köstliche Nachspeise aus schwarzem Reis mit Kokosmilch und Zucker.

Manches aber wurde an Eßbarem angeboten, das uns eher abstieß … Eine Freude für die Augen waren dagegen die vielen frischen Gemüse und Früchte. Es gab kleine, rotgelbe Bananen, Papayas, Rambutan, Starfruits, Mangos und Ananas, aber auch die grünstacheligen Durian, die einen unangenehmen Geruch verströmten!

In der schmalen Gasse drängten sich die Tische, die bereits um diese Zeit gut besetzt waren. Die Homo- und Transvestitenszene von Singapur hatte Bugis Street zu ihrem Salon erkoren. Aber es kamen auch ganz normale Menschen, die hier an den zahlreichen Ständen mit Obst und Gemüse, Fisch und Fleisch, Tand und Talmi einkauften.

Wir ließen uns an einem Tisch nieder, an dem gerade zwei Plätze frei geworden waren und bestellten Fruchtsaft. Fliegende Händler eilten von Tisch zu Tisch und boten ihre Waren feil. Es machte Spaß, hier zu sitzen und das rege Treiben zu beobachten.

Plötzlich fiel mir ein Chinesenmädchen auf, das mit einem Heft und Kugelschreiber in der Hand zielstrebig auf Kundenfang ging. Ich winkte sie heran. Die Kleine hatte einen schwarzen Pagenkopf und dunkle, schelmisch blitzende Augen. Als ich sie fragte, was sie für ein Geschäft betreibe, antwortete sie mir in gutem Englisch: »Ich mache ein Spiel mit demjenigen, der mir einen Singapur Dollar zahlt, wenn ich gewinne.«

Sie hatte mich neugierig gemacht, und ich legte eine Dollarnote auf den Tisch. Die Kleine schlug das Heft auf und zeichnete rasch ein großes Quadrat, das sie in neun Felder unterteilte. In das mittlere Feld malte sie ein Kreuz. Ich sollte bei jedem ihrer Kreuze eine Null dagegensetzen, um zu verhindern, daß sie drei Kreuze auf einer Linie bekam.

»Das ist einfach«, dachte ich mir, hatte aber die Rechnung ohne die schlaue kleine Chinesin gemacht.

Im Handumdrehen hatte sie drei Kreuze auf der Diagonalen gezeichnet und diese dann blitzschnell mit einem Strich verbunden. Sie hatte gewonnen – nicht nur die Dollarnote, sondern auch meine Hochachtung! Elf Jahre sei sie alt, antwortete sie auf meine Frage, während ihre gescheiten Augen schon wieder auf der Suche nach einem neuen Geldgeber waren.

Dieses zierliche, hübsche Mädchen war auf eine gewisse Art sehr erwachsen. Wie lange mochte sie wohl diesem Erwerb schon nachgehen? Sicherlich würde sie es später durch ihren Geschäftssinn zu etwas bringen im aufstrebenden, westlich orientierten Stadtstaat Singapur.

Ich konnte sie nicht mehr fragen, seit wann sie sich so erfinderisch Geld verdiente, denn sie war schon verschwunden und machte, ein paar Tische weiter, mit anderen Gästen das gleiche Spiel …

Wieviel Dollar sie wohl pro Abend verdiente? Bestimmt hätte sie mir diese Frage nicht beantwortet.

Leyak

Obwohl inzwischen Jahre vergangen sind, verfolgt mich noch immer diese merkwürdige Geschichte, die meiner Freundin Kora auf Bali zustieß.

Vor fünf Jahren verbrachten wir zusammen unsere Ferien auf der Insel, wo neben den alles beherrschenden Göttern des Hindu-Pantheons unzählige Geister und Dämonen wohnen.

Kora schien vom ersten Tag an wie berauscht. Sie behauptete, die Insel zu kennen, obwohl sie niemals hier gewesen war. Wir verbrachten nur die ersten Tage am Strand von Legian und fuhren dann, auf Koras Drängen, zu einem Dorf im Inselinneren. Ubud lag eingebettet in Kokospalmen und smaragdgrüne Reisfelder. Ein paradiesisches Fleckchen Erde, das auch mir gefiel.

Kora, die betonte, mit den Örtlichkeiten vertraut zu sein, machte sich allein auf Zimmersuche, während ich mit unserem Gepäck im Café Lotus zurückblieb. Das Café lag unmittelbar am Lotusteich, auf dem hunderte von rosafarbenen Lotusblüten schwammen. Hinter dem Teich führte ein gespaltenes Tor in den Tempelbezirk. Zwei steinerne Wächter mit schwarz-weiß-gewürfelten Hüfttüchern bewachten den Eingang.

Meine Freundin kam nach einer Stunde zurück. Die Pension, die sie gefunden hatte, lag außerhalb des Dorfes inmitten der Reisfelder. Ich hätte lieber im Ort ein Quartier bezogen, doch Kora wollte nur in dieser abgelegenen Herberge wohnen. Bei dem Losmen handelte es sich um ein typisch balinesisches Anwesen. Das gemauerte Haus trug ein luftiges Bambusdach und besaß eine hübsche Veranda, von der die Zimmer abgingen. Direkt am Eingang stand das Haustempelchen neben einem üppig blühenden Hibiskusstrauch. Das helle und geräumige Zimmer bot einen herrlichen Ausblick auf die Sawahs, in deren stillem Wasser sich die kunstvollen Wolkengebilde spiegelten.

Imade, der Sohn des Hauses, brachte uns Tee zur Begrüßung. Ungezwungen plauderte er mit uns in gut verständlichem Englisch. Kora schien glücklich, und auch ich begann mich hier heimisch zu fühlen.

Als wir am Abend jedoch aus dem Dorf zurückkehrten und über die schmalen Dämme gingen, die durch die Reisfelder führten, fürchtete ich mich vor den kleinen, giftigen Schlangen, die im sumpfigen Wasser der Sawahs wohnten. Imade hatte uns vor ihnen gewarnt und uns aufgetragen, immer genau zu schauen, wohin wir traten. Kora lachte mich aus. Sie schien völlig ohne Angst und benutzte nicht einmal ihre Taschenlampe.

»Der tropische Sternenhimmel leuchtet hell genug, Jutta! Die Schlangen greifen uns Menschen nicht grundlos an. Du brauchst dich nicht zu fürchten!«

Jeden Abend aber bei unserer Rückkehr überfiel mich wieder die gleiche Angst. Das entsetzliche Heulen der Hunde, das aus allen Richtungen ertönte, erhöhte zusätzlich meine innere Anspannung. Erst wenn wir auf der Veranda saßen und den Abend mit einer Tasse Tee ausklingen ließen, atmete ich auf. Dabei betrachteten wir den nächtlichen Tanz der Glühwürmchen im Hibiskusstrauch. Wie Morsezeichen knipsten die Insekten ihre phosporeszierenden grünen Lichter an und aus. Sekundenlang schien es, als wäre der Strauch mit grünen Birnchen behängt, dann flackerten nur noch einige wie Irrlichter in seinen dunklen Umrissen.

Meist leistete uns Imade Gesellschaft. Nach ein paar Tagen bemerkte ich, daß sich zwischen Kora und Imade eine Liebesgeschichte anbahnte. Als wir eines Abends wieder auf der Veranda saßen und gedankenverloren den funkelnden Sternenhimmel betrachteten, rief Imade plötzlich: »Schaut, dort in der Sawah ist ein Leyak!«

Mit ausgestreckter Hand wies er auf eine seltsame Feuerkugel, die sich im Zickzackkurs durch das Reisfeld bewegte.

»Was ist ein Leyak?« fragte ich, während ich auf die leuchtende Kugel starrte, die bizarre Tänze veranstaltete.

»Eine Hexe, die nachts ihren schlafenden Körper verläßt. Sie treibt sich als feurige Kugel in der Nacht herum und verbreitet Unheil«, sagte Kora, noch bevor Imade antworten konnte.

Ich bemerkte, daß sie zitterte. Sie schien sehr aufgeregt. Imade legte zärtlich den Arm um sie. »Hast du über die Leyaks in deinen Büchern gelesen?« fragte er sie.

»Nein, nein, das weiß ich von früher!«

Kora versank in Schweigen. In dem Bambusgebälk über uns ertönte plötzlich ein schnarrender Ruf. Er klang wie: »brrr, brrr, brrr – tokeh«.

Ich schauderte, blickte aber weiter wie gebannt in das Reisfeld, in dem die Feuerkugel noch immer hin und her tanzte. Dann, ganz unvermutet, schien sie sich in Luft aufzulösen …

Ein unheimliches Gefühl beschlich mich. Ich fragte: »Kam der Ruf im Dachgebälk von dem Leyak?«

»Nein, von einem Tokeh, einer großen Echse, die ganz harmlos ist und nachts Insekten jagt. Den Leyak braucht ihr nicht zu fürchten. Er wird durch die Opfergaben besänftigt, die täglich für ihn ausgelegt werden. Außerdem kann er nur von Schwachen, Kranken und Gebärenden Besitz ergreifen«, sagte Imade beruhigend.

»Mir ist kalt«, flüsterte Kora. Sie zitterte wie in einem Fieberanfall.

Ich stand auf, um ihren Pullover aus dem Zimmer zu holen. Als ich zurückkam, waren Kora und Imade verschwunden. Von diesem Abend an wohnten die beiden zusammen in einem der freien Gästezimmer. Kora sagte am nächsten Morgen: »Imade und ich werden bald heiraten. Ich fliege nur nach Deutschland zurück, um alle Formalitäten zu erledigen. Spätestens in einem halben Jahr werde ich für immer nach Bali übersiedeln.«

»Vielleicht bereust du diesen Schritt später. Schließlich hat Bali eine fremde Kultur mit ungewohnten Sitten und Gebräuchen«, sagte ich vorsichtig.

»Ich gehöre auf diese Insel«, meinte Kora lakonisch und schwieg

Die Heirat schien beschlossene Sache, und Kora ließ sich durch nichts zurückhalten.

Imade arrangierte einen günstigen Termin für die Zahnfeilung, die meine Freundin klaglos über sich ergehen ließ. Ich bewunderte ihren Mut. Ohne Betäubung wurden ihr mit einer einfachen Feile die Zähne geradegefeilt. Sie mußten das Spitze verlieren, das nach balinesischem Glauben den Dämonen zugeschrieben wird.

Vier Wochen später verließen wir Bali. Die geheimnisvolle Insel der Götter und Dämonen blieb als smaragdener Tropfen im tiefblauen Ozean zurück.

Kora machte ihre Ankündigungen wahr. Sie löste alle Verpflichtungen, verkaufte ihre Sachen und flog mit nur einem Koffer und dem Gesparten nach Bali. Dort erwarb Imade von ihrem Geld ein Reisfeld und ein Haus, das sie zusammen als Losmen betreiben wollten. Die Hochzeitsfeier, zu der ich leider nicht reisen konnte, muß beeindruckend gewesen sein. Koras Eltern, die mir davon berichteten und Fotos zeigten, schienen inzwischen halbwegs mit dem Schicksal ihrer Tochter ausgesöhnt.

Alle paar Monate erreichten mich Koras Briefe. Nach einem Jahr kündigte sie mir die Geburt eines Töchterchens an, das Madé hieß. Ich freute mich mit ihr und beschloß, bald nach Bali zu fliegen. Als drei Monate später ein Brief kam, in dem meine Freundin über eine seltsame Energie- und Appetitlosigkeit klagte, entschloß ich mich sofort zu der geplanten Reise.

Ich erschrak zutiefst, als ich Kora am Flughafen erblickte. War das noch die blühende junge Frau, mit der ich damals nach Bali gereist war?

Wir fuhren mit einem Bemo nach Ubud. In dem kleinen Gefährt drängten sich die Menschen auf zwei schmalen Bänken. Mir gegenüber saß eine alte Frau, die einen gerollten Geldschein im Ohrläppchen trug. Für mich blieb – trotz des zweiten Besuches – Bali eine fremde Welt. Meine Freundin schien völlig kraftlos und angeschlagen. Sie redete nicht viel. Alles strengte sie an.

Koras und Imades Anwesen befand sich in den Reisfeldern. Vor dem Eingang und am Haustempelchen lagen frische Opfergaben.

»Wo ist Madé?« fragte ich, als wir auf der Veranda saßen.

»Bei meiner Schwiegermutter. Seit ich so schwach bin, hat sie die Kleine meistens bei sich. Weißt du, auf Bali soll ein Kind, das noch nicht laufen kann, nicht die Erde berühren. Das ständige Herumtragen aber schaffe ich momentan nicht.«

Als ich über die grünen Reisfelder blickte, glaubte ich einen Moment lang, nie fort gewesen zu sein.

»Weißt du«, unterbrach Kora meine Betrachtungen, »daß die Leute im Dorf bereits neidisch auf uns sind? Viele deutsche Gäste wollen bei uns wohnen, weil es sich herumgesprochen hat, daß hier eine Deutsche mit einem Balinesen verheiratet ist. So viele träumen ja vom Aussteigen! Für mich war es das aber nicht – nur eine Heimkehr nach langer Zeit … Die schleichende Krankheit, die mich seit Madés Geburt befallen hat, trübt leider unser Glück. Mir ist so, als ob ein unsichtbares Wesen meine Lebenskräfte abzapft.«

Ich mußte an den Leyak denken, den wir damals im Reisfeld beobachtet hatten, sagte aber nichts, um meine Freundin nicht zu beunruhigen.

»Gewöhnlich kann der Priester in einem solchen Fall ein magisches Ritual vornehmen. Leider geht das bei mir aber nicht, weil ich keine Balinesin bin.«

Lange saßen wir zusammen und erzählten von früher, von Deutschland, das für Kora in weiter Ferne lag. Sie schien die Heimat nicht zu vermissen.

Imade fand ich unverändert. Er strahlte Vitalität aus, schien aber sehr besorgt um Kora zu sein, was er zu verbergen versuchte. Am ersten Abend nahm er mich beiseite und sagte: »Bitte überrede Kora, mit dir nach Deutschland zu fliegen, um sich untersuchen zu lassen. Vielleicht können eure Ärzte helfen. Ihr Gesundheitszustand ängstigt mich. Er wird von Tag zu Tag schlechter.«

»Ich will es versuchen«, versprach ich, hatte aber wenig Hoffnung, Kora zu überzeugen. Und was ich befürchtet hatte, traf ein. Kora wies meinen Vorschlag heftig zurück.

»Ich gehöre hierher, ob krank oder gesund«, sagte sie mit einer Stimme, die keinen Widerspruch duldete.

Täglich wurde sie schwächer. In meiner zweiten Woche, an einem Samstagmorgen um fünf – der tropische Tag war noch nicht erwacht – klopfte Imade heftig an meine Tür.

»Jutta, komm schnell, Kora liegt im Sterben«, flüsterte er.

Als wir in das Zimmer kamen, und ich mich über sie beugte, tat sie ihren letzten Atemzug und verschied. In genau jenem Moment huschte ein glückliches Lächeln über ihr Gesicht, so, als hätte sie eine wunderbare Vision gehabt. Kora wirkte schmal und ausgezehrt wie ein Kokon, doch ihr Gesicht strahlte Frieden aus. Eine Stunde saß ich an ihrem Totenbett. Brennende Räucherstäbchen und der Duft von Opferblumen erfüllte den Raum. Ich gab Kora alle meine positiven Wünsche und Gedanken mit auf diese Reise in die andere Welt, die hier, auf Bali, viel näher schien als bei uns in Deutschland …

Noch am selben Tag fuhr ich nach Denpasar und te-legrafierte ihren Eltern. Ich bat sie, sofort zu kommen, da die Verbrennung schon bald stattfinden sollte. Die Tropenhitze erlaubte keinen Aufschub.

Die Leiche wurde ohne das sonst übliche Fabeltier aus geschnitztem Holz auf einem Holzstoß verbrannt. An-schließend sammelte ein Priester die Asche der Toten und füllte sie in ein schwarzes Holzkistchen, das kunst-volle Verzierungen besaß. Die eigentliche Totenfeier fand sieben Tage später statt, als Koras Eltern eingetroffen waren.

Wir fuhren mit Imades Familie und dem Brahma-nenpriester nach Legian. Ich trug, wie die anwesenden Frauen, einen Sarong mit Batikbluse und eine Hibiskus-blüte im Haar.

Die tiefstehende Sonne warf ihre rotgoldenen Strah-len über den Indischen Ozean, als wir begannen, am Strand die prächtigen Opfergaben auf Palmblattmatten auszubreiten: Pyramiden aus vielerlei Früchten, Kokos-nüssen und duftenden Blumen, sowie filigrane Palm-blattgebinde.

Der weißgewandete Brahmanenpriester versprengte Tirtha, das heilige Wasser, auf alle Anwesenden, wäh-rend er mit leiser, monotoner Stimme Mantras rezitierte und Räucherstäbchen schwenkte. Irgendwann setzte das Orchester ein. Dumpf klangen die beiden Trommeln und der große Gong, der – an einer Bambusstange hän-gend – von zwei Männern gehalten wurde. Über diesen dumpfen Lauten klagten wehmütig die Töne der Flöte. Koras Eltern weinten. Sie saßen im Sand vor dem Prie-ster, der immer noch leise Mantras rezitierte. Auf sein

Zeichen hin schließlich erhoben wir uns und formierten uns zu einer kleinen Prozession. Einige Frauen hielten lange, mit Goldbrokat bespannte Schirme. Imade schritt mit dem Priester an der Spitze des Trauerzuges. Er trug die Holzkiste mit der Asche. Wir anderen brachten die Opfergaben zu dem buntbemalten Auslegerboot, wo der Priester sie verstaute. Imade fuhr mit zwei Männern hinaus und übergab Asche und Opfergaben den Fluten. Wir warteten, bis der Katamaran zurückkehrte. Alles schien so unwirklich und beklemmend: die hereinbrechende Dämmerung, das dumpfe Trommeln der Musikanten und die zarten Flötenmelodien, die leise klagend auf das Meer hinauswehten. Die Klänge der Musik vermischten sich mit den einsetzenden Tierstimmen, die die herannahende Tropennacht ankündigten.

Auf dem schmalen Pfad zwischen Strand und Straße entdeckte ich im Dämmerlicht des schwindenden Tages zwei Gräber, namenlose Grabstätten, vielleicht von Touristen, die auch hier gestorben waren …

Welch sonderbares Zusammentreffen! Blitzschnell fiel die Dunkelheit wie ein Schleier über unsere kleine Prozession und die letzten Ruhestätten der unbekannten Toten.

Eine ungewöhnliche Massage

Das Taubheitsgefühl in meiner linken Hand war schlimmer geworden und breitete sich nun schon im ganzen Arm aus. Für Pharmaka hatte ich nicht viel übrig, aber ich mußte etwas unternehmen. Seit vier Wochen bereisten wir Indonesien und waren seit einer Woche auf Bali, der magischen Insel der Götter und Dämonen.

Durch eine glückliche Fügung waren wir im Palast des alten Sultans von Ubud, der Puri Kantor, untergekommen. Diese kleine Palastanlage war kein Hotel, sondern war der Wohnsitz der Sultansfamilie. Durch die Fürsprache des Neffen, den wir vor dem Palasttor unter dem alten Waringinbaum kennengelernt hatten, wurden wir gegen einen kleinen Obulus aufgenommen.

»Wie gut, daß ich ein Sonntagskind bin!«

»Wieso?« fragte Herbert.

»Weil wir dadurch auf unseren Reisen immer außergewöhnliche Menschen kennenlernen und Situationen erleben, in deren Genuß nicht jeder kommt ...«

»Da hast du allerdings recht. Sag mal, willst du nicht endlich etwas unternehmen wegen deines Arms?«

»Ja, ich frage den Neffen des Sultans nach einem Masseur.«

Wir saßen auf unserer Terrasse, und ich sah, wie der Neffe soeben schnellen Schrittes zum Hauptgebäude eilte. Ich lief zu ihm, begrüßte ihn und fragte: »Kennen Sie einen traditionellen Masseur, den sie mir empfehlen können? Ich habe seit geraumer Zeit Schmerzen im linken Arm.«

»Wollen Sie nicht zu einem Arzt gehen, der in westlicher Medizin ausgebildet ist?«

»Auf keinen Fall«, erwiderte ich abwehrend und wußte sogleich, daß der Neffe dies nicht verstand. Da er längere Zeit in der Schweiz als Botschafter seines Landes gelebt hatte, war er von dem Fortschritt der westlichen Medizin überzeugt.

Er sah mich skeptisch an, gab mir dann aber die gewünschte Information.

»Gehen Sie zu dem alten Masseur, der auf dem Weg zum Monkey Forest wohnt. Am Eingangstor befindet sich ein Schild mit einem Hinweis auf Massage. Wie ich gehört habe, hat er auch schon einigen Touristen geholfen. Die Einheimischen von Ubud kennen ihn alle, denn er ist in der traditionellen balinesischen Massage sehr erfahren.«

»Vielen Dank, Sir, für Ihre Hilfe.«

»Ich muß zu meinem Onkel, Sie entschuldigen mich«, erwiderte er und entfernte sich eilig.

Bali war eine außergewöhnliche Insel. Altes und Neues standen hier oft unvermittelt nebeneinander. Man opferte täglich im Haustempelchen oder in den Schreinen am Straßenrand Blüten, Früchte und Reis für die Götter, und führte für die Dämonen spezielle Tänze auf, um sie zu befrieden. Die Balinesen wußten allerdings, daß sich in der polaren Welt die bösen Kräfte nie gänzlich eliminieren ließen, man konnte sie nur befrieden und durch die guten Kräfte im Gleichgewicht halten. Der Tanz von Ranga und Barong erzählte davon. Und überall auf Bali trugen die steinernen Wächter vor den Tempeltoren schwarzweiß gewürfelte Tücher als Zeichen für das angestrebte Gleichgewicht zwischen Gut und Böse …

Auf der ganzen Insel hörte man die zarten Tongeflechte des Gamelan, die im blauen Äther schwebten, und nirgendwo außer auf Bali habe ich Männer als Schmuck Hibiskusblüten hinter den Ohren tragen sehen. Manche steckten die Blüten auch an ihrem Kopftuch fest. Bali hatte noch immer seinen alten Zauber bewahrt und zog Globetrotter wie uns magisch an.

Wir machten uns sogleich auf den Weg zum Monkey Forest. Eines der letzten Anwesen vor dem Affenwald war das des Masseurs. Das große weiße Schild mit der Aufschrift »Massage« zeigte uns, daß wir hier richtig waren. Eine Weile standen wir zögernd vor dem Tor, dann läuteten wir an der Messinglocke. Eine alte Frau im Sarong, die als Oberteil einen weißen BH trug, öffnete uns die Tür. Wir begrüßten sie mit zusammengelegten Händen und einer leichten Verbeugung. Dann fragte ich nach einer Massage. Scheinbar hatte sie nur das Wort Massage verstanden und gab uns ein Zeichen, ihr zu folgen. In dem Hof liefen ein paar Hühner herum, die dort von den ausgestreuten Körnern pickten. Vor dem Götterschrein waren mit Blüten geometrische Muster ausgelegt. Die Alte steuerte auf eine Balé zu, eine von einem Dach gekrönte Terrasse, die nach allen Seiten offen war. Dort standen eine Rattanbank und eine niedrige Bettstatt. Die Frau wies auf die Bank. Wir nahmen dort Platz, während sie in einem der Häuschen verschwand. Ich sah mich um. In dem Hof standen ein Pisang- und ein Papayabaum, in dem buntschillernde Vögel jubilierten.

Hinter der Frau trat der alte Masseur aus dem Haus. Sein einziges Kleidungsstück war ein braun-beiger Sarong, den er sich kunstvoll um die Hüften geschlungen hatte. Hinter seinem linken Ohr steckte eine blutrote Hibiskusblüte. Seine nackten Füßen sahen schmutzig aus, aber sein strahlendes Lächeln versöhnte mich sogleich. Ich fragte nach einem Massagetermin und nach dem Preis für eine Behandlung. Er nannte mir den Preis, den ich sofort akzeptierte, und er bot mir an, jetzt sofort die Massage durchzuführen. Das war mir recht, denn die Schmerzen waren inzwischen sehr unangenehm. Der Masseur ging wieder in das Haus und kam kurze Zeit später mit einem öligen Sarong und einer Flasche Öl zurück. Er gab mir den Sarong und wartete, daß ich mich auszog, während er mich aufmerksam betrachtete. Ich starrte auf den schmierigen Sarong und hatte plötzlich den Impuls, fortzulaufen. Dann aber siegte doch der Wunsch nach Heilung. Auch war ich neugierig auf diese besondere Form der balinesischen Massage. Ich schlüpfte aus meinem sauberen Kleid, zog den BH aus und wickelte mich etwas widerwillig in den Sarong, der bestimmt noch nie gewaschen worden war. Dann verdrängte ich diesen Gedanken und wartete gespannt, was sich nun ereignen würde.

Der Masseur war weggegangen und kam mit einer Matte zurück, die er auf der Bettstatt ausbreitete. Ich sollte mich dort im Schneidersitz niederlassen. Gehorsam folgte ich seiner Aufforderung und setzte mich. Der Masseur hockte sich hinter mich und begann, seine Hände sehr langsam in meiner Aura den Rücken von unten nach oben zu führen bis zu den Schultern, dann über die Arme hinab zu den Händen, ohne mich ein einziges Mal zu berühren. Ein glühender Strom floß über

Rücken, Schultern, Arme und Hände wie Lava. Dann ergriff der Masseur die Ölflasche und begann, meinen Kopf mit Öl zu beträufeln. Das Öl rann über Schläfen und Wangen den Hals hinab. Ich spürte, wie seine Hände über meinen Schädel wanderten, den Hals hinunter. Bevor ich merkte was mir geschah, hatte er meinen Kopf ergriffen, drehte ihn schnell nach rechts und links, was ein bedrohliches Knacken in den Halswirbeln auslöste. Seine Hände lösten sich wieder und glitten nun wieder durch meine Aura. Erneut fühlte ich den heißen Strom, der meine Wirbelsäule entlangschoß.

Eine Weile passierte nichts, dann wieder hockte er sich vor mich, ruhig und entspannt. Er wendete den Blick zum Himmel, als müsse er erst die Götter befragen, bevor er seine rauhen Finger meinen linken Arm hinauf- und hinunterwandern ließ.

»Ini sakit«, flüsterte er und ließ dabei seine Hände auf meinem Arm ruhen. Es prickelte und kribbelte und wurde ganz heiß. Ich überließ mich seinen magischen Fingern, die wie Sensoren über den Arm strichen, dann aber wieder Griffe ausführten, die schmerzten. Er zog an meinen Fingern, daß sie knackten, bog sie um, daß mir Angst und bange wurde. Dann wendete er sich wieder meinem Rücken zu. An den Rückenstreckern und an den Schulterblättern fand er genau meine Problempunkte. Plötzlich griff er mir unter die Arme und riß mich ein Stück nach oben.

»Ob das alles gut ist, was er da macht«, dachte ich , während der Zweifel an mir zu nagen begann. Aber ich blieb sitzen.

Schließlich mußte ich mich auf den Bauch legen. Er

beträufelte Füße und Beine mit Öl und begann zu massieren. Das fühlte sich angenehm an, bis er die Beine plötzlich so weit nach hinten bog, daß ich mir wie ein Schlangenmensch vorkam. Aber was dann kam, nahm mir die Luft. Er stieg in Höhe der Schulterblätter mit seinen schmutzigen Füßen auf meinen Rücken und begann sich langsam nach unten zu bewegen, über Gesäß und Oberschenkel, die Waden bis zu den Knöcheln. Es war sehr unangenehm, obwohl der alte Mann eher ein Leichtgewicht war. Dennoch war ich froh, als diese Prozedur beendet war, und ich mich auf den Rücken legen konnte. Der Alte kauerte sich neben mich und begann, Öl in meinen Nabel zu gießen, das er im Uhrzeigersinn mit schnellen Bewegungen seiner rechten Hand einmassierte. Dann stellte er die Ölflasche weg und massierte mit beiden Händen kreisförmig um den Nabel, wobei seine Hände immer tiefer und tiefer in den Bauch eindrangen. Dabei murmelte er wieder: »ini sakit.« Krank auch hier, wie ich verstehen konnte. Plötzlich hielt er mir die Flasche hin und deutete an, daß ich von dem Öl trinken solle. Ich schüttelte den Kopf. Soweit ging mein Vertrauen nun doch nicht! Er setzte die Flasche beiseite, hockte sich wieder hinter mich, nachdem ich mich, wie gefordert, wieder in den Schneidersitz gesetzt hatte. Er bohrte mir seine spitzen Knie ins Kreuz, drehte meinen Kopf wie eine Klapper hin und her und riß mich schließlich mit einem Ruck hoch, daß mir Hören und Sehen verging …

Der Alte schien seine Arbeit beendet zu haben. Ölig und naßgeschwitzt wie ich war, stand ich langsam auf. Wie in Trance schlüpfte ich in mein sauberes Kleid.

Herbert bezahlte und wir verabschiedeten uns mit zusammengelegten Händen, verneigten uns vor dem Alten und nickten seiner Frau, die gerade aus dem Haus kam, freundlich zum Abschied zu.

»Ich fühle mich, als ob ich schwebe, fast wie in Trance«, sagte ich. »Mein Arm tut nicht mehr weh, und alles fühlt sich so leicht und locker an. Sicherlich hat der Alte magische Kräfte …«

»Es war schon fast unheimlich, mitanzusehen, wie er dich behandelt hat. Und wenn du gesehen hättest, wie die Ratten im Hof ihr Spiel getrieben haben …«

»Die Ratten«, schrie ich entsetzt und spürte, wie mein Adrenalinspiegel anstieg. »Und du hast mich nicht gewarnt!«

»Ich wollte dir doch diese außergewöhnliche Massage nicht verderben«, lächelte Herbert und legte den Arm um mich, während wir langsam die Straße entlangingen.

Govinda und Radha

Es war einmal ein schöner Prinz, der hieß Govinda und lebte im Lande Sindh, über das sein Vater als König herrschte. Dem Volk ging es hier besser als in allen anderen Ländern, die ringsumher lagen. Es gab kostenlose Schulen und eine freie ärztliche Versorgung durch Ayurveda Vaidyas, die dem König verpflichtet waren, alles in ihrer Macht stehende zu tun, um die Menschen bei guter Gesundheit zu erhalten.

Eines Tages verkündete der Kurier des Königs auf allen Plätzen und in allen Gassen der Hauptstadt, daß die Prinzessin Radha den Prinzen von Barankur heiraten würde, wenn der volle Mond im Zeichen Waage stünde.

Die öffentlichen Gebäude und Plätze wurden schon Tage vor dem großen Ereignis geschmückt, und der Kurier des Königs ließ die Bevölkerung wissen, daß der Magier am Tag der Hochzeit allen Alten für einen Tag ihre Jugend zurückschenken würde.

Die Königin gab die letzten Anweisungen an ihre Hofdamen, damit der große Tag der Prinzessin ein unvergeßliches Erlebnis würde.

Alle Menschen schienen in glücklicher Erwartung dem Fest entgegenzufiebern, bis auf den Prinzen Govinda, der schweigsam und verschlossen dem Treiben zusah. Seine geliebte Schwester Radha hatte plötzlich keine Zeit mehr für ihn. Dabei hatten sie zwanzig Jahre fast alles geteilt. Sogar sein Lieblingspferd »Vayu« hatte er ihr überlassen, obwohl die Königin verboten hatte, daß Radha reiten lernte. Govinda liebte seine Schwester mehr als alles auf der Welt, und nun sollte sie von ihm fortgehen in das Land Chitor, um Prinz Ramas Gemahlin zu werden.

Am Tag vor der Hochzeit ritt Govinda in den Sandelholzhain und setzte sich auf das duftende Moos. Er verharrte reglos mit geschlossenen Augen und dachte über sein Leben mit Radha nach. Als er nach langer Zeit die Augen wieder öffnete, stand vor ihm ein alter Mann, der nur mit einem Lendenschurz bekleidet war.

»Schöner Prinz, warum bist du so traurig, wo es doch schon morgen das schönste aller Feste geben wird?«

»Das ist es ja gerade«, seufzte Govinda, »meine geliebte Schwester wird mich verlassen, und ich befürchte, daß sie mich schon bald vergessen wird.«

»Schnüre ein Bündel mit dem Nötigsten, lege das Gewand des Sanyasins an und verlasse die Stadt noch vor Anbruch des nächsten Tages. Wandere bis zum großen Fluß und folge seinem Lauf bis zur Quelle, hinauf zu den schneebedeckten Bergen der Götter, dort wirst du etwas sehr Wichtiges erfahren.«

Der weise Alte legte seine Hände zusammen, berührte seine Stirn und verneigte sich tief vor dem Prinzen, dann ging er lautlos über das weiche Moos davon.

Er hat recht, dachte Govinda, ich werde tun, was er empfohlen hat. Am nächsten Morgen, noch bevor die Sonne aufging, verließ er den Palast, in dem er viele Jahre mit Mutter, Vater und Radha glücklich gewesen war. Er warf einen letzten Blick hinauf zu dem Stadttor, wo die steinerne Kundalinischlange wachte. Es war Govinda, als würden ihre smaragdenen Augen ihm zuzwinkern in einer Art stillen Einvernehmens.

Ungewohnt war es für Govinda, nur mit einem Asketengewand bekleidet und einem Bündel auf dem Rücken zu Fuß über staubige Wege zu ziehen. Wie froh war er da, als er endlich den großen Fluß erreichte, an dessen Ufer zahlreiche Einsiedler lebten. Auch Mönche in den safrangelben Gewändern des Buddha sah er mit ihren Bettelschalen singend an sich vorbeiziehen.

Als die schneebedeckten Gipfel der Bergriesen eines Tages vor seinen Augen auftauchten, erfaßte ihn ein großes Glücksgefühl. Dort oben wollte er alles vergessen: Vergangenheit und Zukunft, um Eremit zu werden, einer von jenen Shiva-Anhängern, die die drei Aschestriche auf der Stirn trugen und allem entsagten …

Beschwerlich wurde der Weg, murmelnd floß der schmaler werdende Fluß mit seinem kristallklaren grünen Wasser abwärts, der Ebene, aus der Govinda gekommen war, entgegen. Er legte sich auf den weißen Sand am Ufer, um sich auszuruhen und dem Fluß zuzuhören. Da er von dem Pilgern so müde war, schlief er ein und erwachte erst wieder, als die Morgenkühle den neuen Tag ankündigte. Govinda nahm ein Bad im eiskalten Wasser des heiligen Flusses, trank von dem erquickenden Naß und pflückte als Speise ein paar rote Beeren. Dann machte er sich wieder auf den Weg, der immer steiler und beschwerlicher wurde. Nach sieben weiteren Tagen und Nächten erreichte er die Quelle der Ganga. Er setzte sich auf einen Felsen, der vom klaren Wasser umspült wurde und schloß die Augen, um zu meditieren. Anfangs hörte er noch das Rauschen des Wassers, spürte die feinen Wassertropfen auf seiner Haut, aber dann war es so, als würden alle seine Sinne langsam erlöschen, und es erschien ein Licht in der Mitte seiner Stirn zwischen den Augenbrauen. Das Licht wurde größer und heller und verwandelte sich plötzlich in das Gesicht eines sehr alten Mannes mit langem weißen Bart.

»Wer bist du?« fragte Govinda voller Ehrfurcht.

»Man nennt mich den Hüter des karmischen Gesetzes. Weil du dem Rat meines Dieners im Sandelholzhain gefolgt bist, werde ich dir etwas Wichtiges offenbaren. Höre gut zu: Deine Schwester Radha war im vorigen Leben deine Frau, die du sehr geliebt hast so wie sie dich. Schon lange bevor Yama, der Todesgott, an eure Tür klopfte, habt ihr beide den sehnlichen Wunsch gehabt, im nächsten Leben von Anfang an zusammenzusein und als Geschwister aufzuwachsen. Euer gutes Karma brachte euch in die Familie des Königs von Sindh. So lange ihr Kinder und Heranwachsende wart, war euer Glück ungetrübt, da ihr euch nicht an das letzte Leben erinnern konntet. Jetzt aber ist der Zeitpunkt gekommen, wo ich dir diese Wahrheit enthüllen muß, damit du keine Torheit begehst. Radha ist in diesem Leben deine Schwester und kann deshalb nicht deine Frau werden. Du darfst diese alten Gefühle von Liebe und Leidenschaft ihr gegenüber nicht mehr nähren, sondern sollst sie nur so lieben, wie es zwischen Bruder und Schwester üblich ist!«

»Dann will ich Eremit bleiben bis an das Ende meines Lebens und nie wieder heimkehren zu Vater und Mutter und will auch Radha nie wiedersehen! Nur so werde ich diese alte und jetzt verbotene Liebe überwinden können. Shiva soll mir bei der Ablösung helfen, denn er ist der Gott der Zerstörung …«

»Das, Prinz Govinda, ist in diesem Leben nicht deine Bestimmung! Du mußt heimkehren, denn dein Vater ist alt, und du wirst bald seinen Thron besteigen müssen. Bis dahin wirst du eine passende Gemahlin gefunden haben, die du lieben wirst so wie einst Radha. Und, du wirst Radha wiedersehen, ohne sie als Frau zu begehren …«

Govinda schwieg und sah, wie der Hüter des karmischen Gesetzes sich wieder in das Licht verwandelte, das er zuerst wahrgenommen hatte. Dann war nur noch Frieden und Stille, eine tiefe, tiefe Stille um ihn.

Govinda blieb noch ein paar Wochen an der Quelle der heiligen Ganga. In seinen Meditationen sah er sein früheres Leben mit Radha in allen Einzelheiten, bis er endlich bereit war loszulassen, was in der Vergangenheit gewesen war.

Eines Tages machte er sich auf den Rückweg, ließ die klare, kühle Luft der Berge und die Quelle hinter sich und kam nach einer langen, mühevollen Wanderung endlich wieder in seine Heimatstadt. Die Wächter des Palastes wollten ihn nicht einlassen, nur der Hofnarr erkannte in dem wild aussehenden Shiva-Anhänger den Prinzen Govinda. Er trug die frohe Botschaft von Govindas Heimkehr rasch zu König und Königin. Diese begrüßten den verlorengegangenen Sohn mit Freudentränen in den Augen und beauftragten sogleich den Kurier, nach Chitor zu reiten, um Radha wissen zu lassen, daß ihr Bruder Govinda noch am Leben war. Es verging keine Woche, da kamen Radha, ihr Gemahl Rama und dessen Schwester Kamala, angereist.

Der König und die Königin gaben ein großes Fest, bei dem Govinda sich in die Prinzessin Kamala verliebte und ihr einen Heiratsantrag machte. So waren alle glücklich, und wenn sie nicht gestorben sind, dann leben sie noch heute …

Die Früchte des Karma

Der Wissenschaftler Dr. Charon war einer von Tausenden, die im Dienste des Fortschritts und der Wissenschaft für einen Pharmakonzern Tierversuche machten. Wie alle seine Kollegen suchte er durch die Vivisektion dem Leben seine Geheimnisse zu entreißen und der Wissenschaft dienlich zu machen. Auf diese Weise wurden immer neue Pharmaka getestet, die die Chemiekonzerne reicher, die Kranken aber auf Dauer immer kränker und abhängiger machten. Manche dieser Präparate hatten sogar trotz aller Versuche an Tieren beim Menschen fatale Folgen gezeigt, so wie das Schlafmittel Contergan.

Doch für diese Wahrheit schien Dr. Charon, wie die meisten seiner Kollegen, blind und taub. Stolz erfüllte seine Brust, wenn er daran dachte, daß durch die Verdienste von Forschung und Wissenschaft so manche Geißel der Menschheit verschwunden war. Leider vergaß er, daß jeder scheinbar besiegten Krankheit stets eine neue folgte, der die Wissenschaftler und Ärzte wieder hilflos gegenüberstanden, weil sie nicht begriffen, daß jede Krankheit eine Botschaft der Seele war.

Eigentlich schien Dr. Charon ein ganz normaler Bürger, der seine Familie liebte und selbst den Haustieren seiner Kinder mit Wohlwollen begegnete. Allerdings hatte er seinen Kindern stets verschwiegen, welche Greueltaten er täglich an den Labortieren vollbrachte. Dr. Charon glaubte weder an Gott noch an ein Weiterleben nach dem Tode, sondern einzig an die Gesetze der Naturwissenschaft und die daraus resultierenden Erkenntnisse …

So vergingen die Jahre, und obgleich die Zahl der Versuchstiere jährlich in die Millionen ging, machte die Forschung keine wesentlichen Fortschritte, weil sie einer Chimäre nachjagte! Immer tiefer führte diese Spirale in die finstere Sackgasse der dunklen Mächte. Niemand konnte dem Geheimnis des Lebens auf die Spur kommen, der es allein in der Materie suchte und bei dieser Suche Leiden und Tod säte.

Dr. Charons Kinder wuchsen heran. Inzwischen wußten sie, womit ihr Vater sein Geld verdiente, und sie verabscheuten ihn dafür. Auch Dr. Charons Frau kam mit seiner Emotionslosigkeit nicht mehr zurecht und ließ sich scheiden.

Als ein Befund beim Arzt ihn eines Tages mit der schrecklichen Diagnose »amyotrophische Lateralsklerose« konfrontierte, brach er zusammen. Er wußte, daß diese Krankheit mit fortschreitenden Lähmungen einherging, so daß er sich am Ende überhaupt nicht mehr würde bewegen können, bis durch eine Lähmung der Atemmuskulatur der Tod eintreten konnte. Die Wissenschaft, der er so viele Jahre mit Leib und Seele gedient hatte, konnte ihm nicht helfen! Dr. Charon hatte keinen Glauben, keine Freunde, er war allein. So vegetierte er die letzten fünf Jahre seines Lebens in einem Pflegeheim dahin, das qualvolle Ende immer vor Augen.

Als der Tod kam, wehrte er sich, weil er Angst hatte. Als endlich, nach langem Todeskampf, die Silberschnur riß, öffneten sich Charons Augen für die astrale Welt.

Zu seinen Füßen sah er eine große, dunkle Gestalt, die ihn schweigend anblickte.

»Bin ich tot?« fragte Dr. Charon verängstigt.

»So ist es«, erwiderte die dunkle Gestalt ernst und fuhr fort: »Ich bin der Todesengel, der dich an den Ort bringen muß, wo du zufolge deiner Gedanken und Taten hingehörst.«

»Es gibt also einen Gott, wie alle Religionen es verkünden?«

»Das ganze Universum ist erfüllt vom Odem des Schöpfers! Doch nun mach dich bereit und folge mir zu dem Ort deiner Bestimmung.«

»Ist das der Himmel?«

»Oh nein«, sagte der Todesengel, »davon bist du Äonen entfernt. Nun aber komm!«

Zögernd warf Dr. Charon einen letzten Blick auf seinen abgestreiften Körper, der leblos im Bett lag. Jetzt fühlte er sich schwerelos und befreit – und er konnte sich wieder bewegen! Es schien ihm phantastisch, daß mit dem physischen Tod nicht alles zu Ende war. Dennoch trennte er sich nur sehr schwer von seiner sterblichen Hülle, die immer noch an zahlreichen Schläuchen und Apparaten hing.

Plötzlich riß ihn der mächtige Sog des Todesengels fort, in eisige dunkle Räume, wo Stimmen in vielen Tonlagen wimmerten und heulten. Dr. Charon hielt sich die Ohren zu, doch es nützte nichts. Er konnte den Klagelauten nicht entrinnen, die lauter und durchdringender wurden, als sie sich einem Torbogen näherten, aus dem grelles Neonlicht drang. Ein weißgekachelter Tunnel von unendlicher Länge tat sich vor ihm auf. Das gleißende

Licht blendete ihn so stark, daß er nicht sofort den roten Fluß bemerkte, der gurgelnd und schmatzend dahineilte. An seinen Ufern hockten verstümmelte Tiere und starrten ihn aus schmerzgeweiteten Augen anklagend an.

»Können wir nicht weiterfliegen?« fragte Dr. Charon seinen Begleiter.

»Wir sind am Ziel, Dr. Charon, am blutigen Todesfluß, den du und deinesgleichen geschaffen habt, als ihr im Dienste der Wissenschaft und Wirtschaft die Tiere bei lebendigem Leibe zerstückelt habt! Dies ist dein Aufenthaltsort, deine Welt, bis du wiedergeboren werden mußt.«

»Nein«, schrie Dr. Charon, »ich habe nie etwas Böses gewollt, nur für die Wissenschaft geforscht, um den Menschen zu helfen!«

»Und dabei unschuldige Kreaturen Gottes gefoltert und geschlachtet«, sagte der Todesengel. »Einen Teil deiner Schuld mußt du hier sühnen, indem du den Anblick deiner Opfer erträgst, bis du in einem neuen Körper wiedergeboren werden kannst.«

»Ich bin bereit, sofort«, schrie Dr. Charon.

»Als Versuchstier im Dienst der Wissenschaft?« fragte der Todesengel schneidend.

»Nein, nicht als Tier, bitte nicht als Tier!« wimmerte Dr. Charon.

»Siehst du, deshalb muß du erst diesen Tunnel durchwandern, um bereit für eine Wiederverkörperung zu werden. Du darfst wählen, welches Versuchstier du werden willst, Maus, Hund, Katze, Affe, du hast die freie Wahl … Aber jetzt muß ich fort, um andere Seelen abzuholen.«

»Halt, bleib nur noch einen Augenblick und sage mir, ob diese Tiere bis in alle Ewigkeit leiden müssen.«

»Diese Tiere leiden schon lange nicht mehr. Was du siehst, sind ihre Spiegelbilder. Diese werden dich begleiten, bis du zur Sühne bereit sein wirst. Maya ist alles, was ihr Menschen für Realität haltet. Erkenne es, dann entrinnst du irgendwann dem Rad der Wiedergeburten! Aber bis dahin wird es für dich noch ein weiter Weg sein, denn wer als Mensch in einen Tierkörper zurückfällt, muß wieder sehr weit unten anfangen!«

Die mächtigen Flügel des Todesengels rauschen über dem Fluß, als er davonflog. Dr. Charon blickte in das aufspritzende Blut, das im grellen, weißgekachelten Tunnelgewölbe gespenstisch leuchtete. Er lehnte sich an die kalte Wand und bemerkte im selben Augenblick ein häßliches Mal auf seiner Stirn, das er zuvor nie wahrgenommen hatte. Dunkelrot zog es sich von der Nasenwurzel bis zum Ansatz der Haare.

Reglos verharrte Dr. Charon und hoffte, bald aus diesem Alptraum zu erwachen. Irgendwann aber mußte er einsehen, daß er nicht träumte. Er erhob sich, um den Tunnel zu durchwandern, wie der Todesengel es ihm befohlen hatte. Die Schwerelosigkeit, die er unmittelbar nach dem Tod empfunden hatte, war von ihm abgefallen. Bleierne Gewichte schienen unsichtbar an ihm zu hängen und jeder Schritt war eine Tortur …

Er folgte dem Fluß, an dem in unendlicher Reihe die geschändeten Tiere saßen und schrien. In der Ferne bemerkte er Menschen, die wie er dem Fluß folgten. Er ging schneller, um endlich wieder in menschliche Gesellschaft zu kommen. Wie groß aber wurde sein Entsetzen, als er in den Weggefährten sein Abbild erkannte. Auch sie hatten gemordet im Dienste der Wissenschaft. Je weiter Dr. Charon kam, und je schneller er lief, desto grausamer und böser waren die Menschen, denen er begegnete. Er sah jetzt die dämonischen Nazi-Ärzte, die die Tierexperimente auf die Gefangenen in den Konzentrationslagern ausgedehnt hatten.

Von Grauen geschüttelt, sank Dr. Charon auf die Knie. Es war entsetzlich, ein Mensch zu sein. Zum erstenmal in seinem Leben weinte er und dachte reuevoll an seine Verblendung und seine Gefühlskälte. Seine blutigen Tränen tropften in den roten Fluß und er wünschte nun nichts sehnlicher, als sein Schicksal anzunehmen und sein Karma abzutragen als Versuchstier im Dienste der Wissenschaft …

Er richtete sich auf und ging weiter. In greifbarer Nähe sah er das Ende des Tunnels. Die weiße Wand reflektierte sein Gesicht, in dem das häßliche Mal blasser geworden war.

Roter Mond über dem See

Es war Ende März, das Wetter sonnig und kühl, als wir spätnachmittags in der Pension eintrafen. Die sinkende Sonne vergoldete das alte Haus am See, das, inmitten eines großen Gartens fast unmittelbar unter der Barockkirche Birnau gelegen, ein paar geruhsame Tage versprach.

Am Bodensee hatte ich meine Kindheit und Jugend verbracht, doch die Liebe zu diesem See war nie gänzlich versiegt, wenn es mich in jungen Jahren auch in die weite Welt gezogen hatte, in eine Großstadt am Rhein. Nun jedoch, im letzten Abschnitt des Lebens, hatte der Großstadttrubel seinen Reiz für mich verloren. Immer öfter zog es es uns für ein paar Tage in meine alte Heimat.

Unser Zimmer besaß einen kleinen Balkon, auf dem gerade zwei Stühle Platz fanden. Nachdem ich ausgepackt hatte, legte ich Decken auf die Stühle, damit wir ohne zu frieren draußen sitzen konnten. Der See schien mit Gold übergossen. Die Sonnenstrahlen fielen durch die Zweige einer alten Pappel in das Wasser. Ich glaubte zu schweben. Es war ein Zustand zwischen Traum und Wirklichkeit, dennoch war ich hellwach. Beim Starren in das Wasser sah ich plötzlich auf dem Grund des Wassers ein Gesicht. Als ich die Augen schloß, verschwand es. Ich öffnete wieder die Augen, schaute auf die gleiche Stelle und sah das Gesicht erneut. Seine Augen waren ganz lebendig und lächelten mich an. Es war ein heiliges, ein ewiges Lächeln, das auf diesem schönen Antlitz lag. Ja, es war das Lächeln des Buddha oder eines Weisen, das mir etwas sagen wollte. Wenn ich die Augen schloß, verschwand das Gesicht, wenn ich sie erneut öffnete, lächelte mich dieses weise, ewige Antlitz gütig an.

»Siehst du auch das Gesicht auf dem Grund des Sees?« fragte ich meinen Mann.

»Nein, welches Gesicht denn?« erwiderte er fragend.

»Buddhas Gesicht oder das eines Weisen«, meinte ich. »Schau dort einmal genau hin!«

Ich zeigte auf die betreffende Stelle, aber Herbert konnte nichts erkennen. Wieder versenkte ich mich in die Betrachtung dieses wunderbaren Antlitzes, das so viel Frieden und Heiterkeit ausstrahlte. Erst als die Sonne über dem anderen Ufer unterging, verschwand es im dunkler werdenden Wasser.

Als ich abends im Bett lag, grübelte ich noch lange über dieses Erlebnis nach. Was wollte das Gesicht mir sagen? Wollte es mich zurückholen an den See meiner Kindheit?

Am nächsten Morgen, kurz vor halb sieben, weckte mich Herbert.

»Komm rasch auf den Balkon und schau dir den Mond an«, rief er aufgeregt.

»Jetzt?« gähnte ich schlaftrunken und rieb mir die Augen.

»Ja, aber mach schnell, sonst verpaßt du etwas Wunderschönes!«

Ich hüllte mich in die Wolldecke, schlüpfte in die Hausschuhe und trat auf den Balkon. Durch die alte Pappel sah ich einen tiefroten Vollmond, der sich im See spiegelte, hinter dem Wald auf der anderen Seeseite untergehen. Als ich in das Wasser schaute, war mir, als würden mich wieder die gütigen, ewigen Augen des Buddha anblicken. Ja, es war dasselbe Gesicht von gestern Abend, das hier ruhte und mich zurückrief an den See meiner Kindheit.

Die dunklen Quellen des Fortschritts

Endlich hatte ich mein Journalismus-Studium abgeschlossen und flog meinem langersehnten Ziel Indien entgegen. Eine Freundin hatte mir empfohlen, mindestens einen Monat nach Varanasi zu gehen, um Klarheit über mein weiteres Leben zu bekommen. Noch war ich nicht sicher, in welche Richtung mich meine journalistische Tätigkeit führen sollte. Das mystische Indien hatte mich schon einmal verzaubert, als ich nach dem Abitur von meinen Eltern eine Reise nach Goa geschenkt bekommen hatte.

Von Delhi aus nahm ich noch am selben Tag den Flug nach Varanasi. Der Himmel war von einer transparenten Bläue und in der Ferne zeigten sich die schneebedeckten Bergriesen des Himalaya – ein unvergeßlicher Anblick. Als die Maschine in Varanasi landete, empfing mich die für Indien typische Mischung von Gerüchen. Dies hatte auch die Globalisierung nicht geändert!

Varanasi, Shivas Stadt, ist eine heilige Stadt und die älteste Stadt Indiens. In dem Gewirr der engen Gassen und Gäßchen sollen mehr als tausendfünfhundert Tempel liegen.

Ida hatte mir gesagt: »Du wirst Varanasi verlassen, aber Varanasi wird dich nicht verlassen! Irgendetwas tief in dir wird nie wieder dasselbe sein!«

Ida mußte es wissen, denn sie war selbst schon mehrfach hier gewesen.

Am ersten Tag wollte ich nur schlafen, um den Jetlag zu überwinden. Deshalb verließ ich die angenehme Gartenanlage des Tourist Bungalow nicht, sondern trank dort Tschai, süßen Schwarztee, der mit Milch und Gewürzen zusammen gekocht wurde. Zum Abendessen aß ich mein erstes scharfes Gemüsecurry mit Biriyanireis. Sehr früh ging ich zu Bett und fiel sogleich in einen tiefen, traumlosen Schlaf.

Am nächsten Morgen, gleich nach dem Frühstück, machte ich mich mit einer Riksha auf den Weg zur Altstadt, die am Gangesufer liegt. In der Nähe des Dashasvamedha Ghat ließ ich mich absetzen und bezahlte den zuvor vereinbarten Preis. Menschen und Tiere drängten sich überall. Ich mußte mir einen Weg bahnen, um überhaupt von der Stelle zu kommen. Ich wollte zu den Ghats, Treppenstufen, die an den Ganges hinunterführen, und schob mich, so gut es ging, durch die Menschenmenge.

»Mister, Mister!«

Ich ging weiter. Vielleicht konnte ich den Mann ja abschütteln. Ein schmächtiger Inder im weißen Lungi und mit nackten Füßen trippelte neben mir her. Weiter, nur weiter, dachte ich. Vielleicht wurde es ihm ja zu viel, immer neben mir herzulaufen. Aber meine Rechnung ging nicht auf, denn ich war ein weißer Tourist, und davon gibt es nicht so viele in der heiligen Stadt am Ganges.

»Mister, Mister«, flüstert er erneut neben mir.

Ich bleibe stehen. Der schmächtige Inder neben mir strahlt und zieht aus den Falten seines Lungi einen Stapel Postkarten.

»Early morning business«, sagt er und zeigt mir eine Karte des elefantenköpfigen Gottes Ganesha.

»Bitte, Sir, kaufen Sie mir ein paar Karten ab, dann

mache ich Ihnen einen guten Preis. Sehen Sie, hier ist Shiva Nataraj, der tanzende Shiva, der auf dem Dämon der Unwissenheit tanzt, und hier die Göttin Durga, auf dem Tiger reitend. Auch sie bekämpft die Dämonen. Bitte kaufen Sie. Ich habe eine Frau und drei Töchter zu ernähren.«

Ich sah mir die Karten an und nahm schließlich drei Postkarten: eine mit dem tanzenden Shiva, eine mit der Durga auf dem Tiger, und eine mit dem elefantenköpfigen Gott Ganesha, dem Überwinder aller Hindernisse. Ich feilschte noch ein wenig um den Preis, wie das in Indien immer üblich ist, dann wurden wir handelseinig. Der Mann sah mich lächelnd an und sagte: »Für fünf Rupees führe ich Sie zum Verbrennungsghat. Dort können Sie von einer Aussichtsplattform den Verbrennungen zusehen. Fotografieren ist dort jedoch streng verboten. Wollen Sie, daß ich Sie hinführe, Sir?«

Ich nickte nur und gab mich geschlagen. Am ersten Tag in der heiligen Stadt konnte ich ein wenig Hilfe gut gebrauchen. Aufmerksam trabte ich neben dem Mann her durch Gassen, die voll von Unrat, toten Ratten, Kuhfladen und den roten Auswürfen der Betelnußkauer waren. Die Gassen waren so eng, daß die Häuser oben fast zusammenstießen. Kein Sonnenstrahl konnte hier durchdringen. Es war so dunkel, daß in den Häusern die Lampen brannten. Ein Leichenzug drängte sich an uns vorbei. Auf einer Bambusbahre lag eine in orangefarbene Tücher gewickelte Gestalt. Ob Mann oder Frau, war nicht zu erkennen. Bei jedem Schritt, den die Träger machten, baumelte der Kopf der Leiche hin und her, schien den Takt zu schlagen – tak, tak, tak! Die nackten Füße der Träger machten ein leises klatschendes Geräusch auf den Pflastersteinen. Träumte ich? Nein, ich war hellwach, und es war ein schöner Novembermorgen in der Stadt Varanasi am heiligen Ganges.

»Wir sind da, Sir«, riß mich die Stimme meines Begleiters aus meinen Betrachtungen. Er hielt die Hand auf, und ich legte die vereinbarte Summe hinein. Und schon verschwand er in der Menschenmenge. Ich roch die brennenden Holzstöße und stieg die Stufen zu der Aussichtsplattform empor. Dort lehnte ich mich an die Brüstung und schaute auf die flackernden Feuer der Scheiterhaufen. Der Wind trieb mir Rauch und Asche in Nase und Augen. Aus einem der lodernden Holzstöße ragte ein verkohlter Arm, der sich durch die Hitze krümmte. Es sah aus, als würde die brennende Gestalt winken. Der Wächter, der das Feuer beaufsichtigte, warf den Arm mit einer langen Stange zurück in das Feuer. In einiger Entfernung saßen die männlichen Angehörigen. Sie warteten auf die Asche, um diese in den heiligen Fluß zu streuen. Als der Körper verbrannt war, zerschlug der Hüter des Feuers den Schädel des oder der Toten. Dieser zerplatzte mit einem berstenden Krachen und gab die Seele frei. Die Asche und die Knochenreste wurden eingesammelt und dem Fluß übergeben. Wer sich in Varanasi verbrennen lassen konnte, hatte Glück, denn er entging nach Hindu-Glauben dem ewigen Kreislauf der Wiedergeburten. Dies alles hatte mir Ida zu Hause sehr eindrucksvoll geschildert. Und wieder dachte ich an ihre beschwörenden Worte: »Du wirst Varanasi verlassen, aber Varanasi wird dich nicht verlassen! Irgendetwas tief in dir wird nie wieder dasselbe sein!«

Jetzt wußte ich plötzlich, daß es stimmte. Ich schaute

gedankenverloren auf den dahinziehenden schmutzigen Fluß, auf dem neben zahlreichen Ruderbooten auch in Tücher gehüllte Leichen trieben, auf denen Raben hockten …

Heilige Männer, Seuchentote, Menschen, die an einem Kobrabiß gestorben waren und Kinder unter sieben Jahren wurden nicht verbrannt, sondern so dem Fluß übergeben. Sie alle hatten im Leben schon genug Läuterung erfahren, deshalb benötigten sie die reinigenden Flammen nicht! Ein Stückchen weiter flußaufwärts sah ich Menschen im Wasser stehend beten, untertauchen, das schmutzige Wasser trinken, während sich andere reinigten und die Zähne putzten. Nirgendwo waren die Gegensätze größer als hier in Varanasi!

»Ich werde Varanasi verlassen, aber Varanasi wird mich nicht verlassen! Irgendetwas tief in mir wird nie wieder dasselbe sein!«

Leise hatte ich zu mir selbst gesprochen und erschrak, als ein Sadhu im orangefarbenen Gewand neben mich trat und schweigend auf den Verbrennungsplatz starrte. Seine Haut war recht hell, die schwarzen Haare sehr kurz geschnitten. Ein Blick aus seinen dunklen Augen traf mich prüfend.

»Zum erstenmal in Indien, Sir?« fragte er.

»Nein. Vor ein paar Jahren war ich schon einmal in Goa.«

»Warum gerade Indien?« wollte der Sadhu wissen.

»Hier sind die gegensätzlichen Pole des Lebens noch sichtbar: arm und reich, schön und häßlich, gesund und krank, alles kann man auf einem Blick erhaschen. Tja, und dann wird in Indien Religion noch gelebt, ganz anders als in Europa! Ach, übrigens, ich heiße Michael. Vor kurzem habe ich mein Journalismus-Studium in Deutschland abgeschlossen. Hier will ich mir klar darüber werden, in welche Richtung ich beruflich gehen soll …«

»Aha«, sagte der Sadhu, »dann sind Sie also ein Wortgewaltiger mit der Feder!«

»Heutzutage eher mit dem Laptop«, scherzte ich. »Aber auf dieser Reise werde ich meine Eindrücke ganz altmodisch mit dem Stift zu Papier bringen.«

Der Sadhu lächelte mich an und sagte: »Ich habe meinen weltlichen Namen abgelegt und heiße seit einiger Zeit Shivadas.«

»Und früher?« wollte ich wissen.

»Nirmal«, sagte Shivadas und sah mich durchdringend an, bevor er fragte: »Sind Sie an meiner Geschichte interessiert?«

»Sehr«, erwiderte ich rasch. »Alles in Indien interessiert mich.«

»Der Schauplatz ist aber nicht Indien, sondern Amerika. Der Kern dieser Geschichte hat allerdings etwas mit dem alten Wissen zu tun, das uns die Veden enthüllen. Es geht dabei um dunkle Wesenheiten, die wir Asuras nennen. Glauben Sie aber ja nicht, daß ich Ihnen ein Märchen auftische. Es ist leider die bittere Wahrheit!«

»Ich würde Ihre Geschichte gern hören. Aber sagen Sie mir, wie ich zu dieser Ehre komme?«

»Meine Intuition sagte mir, daß Sie der Richtige sind. Als Gegenleistung müssen Sie mir versprechen, die Geschichte zu publizieren. Sie haben doch sicherlich eine Möglichkeit dazu?«

»Ich denke schon«, erwiderte ich neugierig.

»Gehen wir in eine Teestube am Fluß. Dort haben wir Muße, denn die Geschichte ist lang.«

Ich war einverstanden. Schweigend gingen wir durch die schmalen Gassen der Altstadt bis zu der Teestube, die im zweiten Stock eines alten Hauses lag. Wir setzten uns an einen freien Tisch am Fenster, das auf den majestätischen Strom blickte, der nun hell in der Mittagssonne glitzerte.

Shivadas begann:

Mein Vater war Amerikaner und meine Mutter ist Inderin. Seit dem Tod meines Vaters vor fünf Jahren lebt sie wieder in Indien bei Verwandten. Meine Eltern hatten sich lange sehnlich ein Kind gewünscht, und als ich zur Welt kam, war meine Mutter bereits 33 und mein Vater 40 Jahre alt. Meine Mutter stammt aus der Brahmanenkaste und ist sehr gläubig. Sie lernte meinen Vater in Delhi kennen, als er dort ein freiwilliges soziales Jahr an einem Hospital absolvierte. Es dauerte drei Jahre, bis die beiden heiraten konnten. Erst nachdem ein Astrologe ihre Horoskope verglichen und herausgefunden hatte, daß sie karmisch füreinander bestimmt waren, weil sie sich aus einem früheren Leben in Indien kannten, gab die Familie meiner Mutter ihr Einverständnis. Sie verlangten aber, daß zukünftige Kinder in unserem Glauben erzogen werden sollten
Vater und Mutter zogen nach Los Angeles, und als ich geboren wurde, war das Glück meiner Eltern perfekt. Ich wurde von meiner Mutter in unseren alten Traditionen erzogen und hörte von klein auf die heiligen Geschichten aus den Puranas und den Veden, lernte Mantras rezitieren

und die Rituale auszuführen, wie das bei uns üblich ist. Es gab zu Hause einen Schrein für die Götter. Von Anfang an zog mich Shiva Nataraj in seinen Bann, der tanzende Shiva im Flammenkreis. Wenn wir einmal im Jahr nach Indien flogen und die Verwandten besuchten, war ich immer sehr glücklich.

Als ich die High School beendet hatte, entschied ich mich für ein Medizinstudium und wußte auch schon ganz genau, daß ich Chirurg werden wollte. Mein Onkel Rajiv, ein Ayurvaidya, hatte mir erzählt, daß die Chirurgie bereits vor zweitausend Jahren von den Ayurveda-Ärzten praktiziert wurde. Sie kannten die geheimen Punkte, die man Marmas nennt, und wußten, daß manche niemals durchschnitten werden durften. Marmapunkte sind sensible Punkte, an denen Sehnen, Bänder, Muskeln und Nerven zusammenlaufen. Diese Marmas befinden sich aber nicht nur im physischen Körper, sondern auch in den feinstofflichen Körpern, sozusagen in der Aura. Die Kalari-Krieger konnten durch dieses geheime Wissen der Marmas Menschen ohne jede äußere Gewaltanwendung töten. Sie kannten die Punkte, an denen der sofortige Tod herbeigeführt wurde. Die Engländer verboten deshalb damals Ayurveda und hackten den Kalari-Kriegern und Marma-Meistern die Hände ab …

Dieses geheimnisvolle Wissen über die Marmas wollte ich in Indien erlernen, und alles kam, wie ich es mir gewünscht hatte. In den Semesterferien wurde ich von einem Ayurvaidya und Kalari-Meister in diese Kunst eingeweiht.

Mein Medizinstudium absolvierte ich ohne Probleme. Leider erlebte mein Vater nicht mehr, daß ich mich als Chirurg etablierte, weil er frühzeitig an Krebs starb.

Mutter kehrte nach Vaters Tod nach Indien zurück, dorthin, wo ihre Wurzeln waren, während ich vorhatte, noch ein paar Jahre in Amerika zu bleiben. Ich besaß einen amerikanischen und einen indischen Paß und hatte dadurch die freie Wahl des Wohnortes.

Das Schicksal begünstigte mich bei einer Ausschreibung für junge, fähige Chirurgen. Obwohl meine Intuition mir von der angebotenen Stelle abriet, entschied ich mich dafür, weil das Angebot sehr verlockend war.

Der Arbeitsplatz befand sich in einer unterirdischen Anlage in New Mexico in der Nähe der kleinen Stadt Dulce. Dort wurden schwerkranke Menschen operiert und therapiert. Man erforschte neue medizinische Verfahren. Ich glaubte dort mit meinem Wissen über die Marmapunkte einen entscheidenden Beitrag zum medizinischen Fortschritt leisten zu können. Was mich allerdings von Anfang an befremdete, war, daß das Projekt Dulce unter größter Geheimhaltung stand. Ich wurde verpflichtet, alles, aber auch alles, was mir zu Augen und Ohren kam, geheimzuhalten. Ich mußte sogar ein Papier unterzeichnen, daß ich meinem Leben selbst ein Ende setzen würde, wenn ich dieses Gebot brechen würde … Ferner drohten sie in diesem Schriftstück, sich in einem Fall von Verrat an meinen Familienmitgliedern zu rächen. Da meine Mutter in Indien in Sicherheit war, mein Vater tot und keine anderen Verwandten in Amerika lebten, schien mir dieser Punkt unwichtig. Ich war dreiunddreißig Jahre, abenteuerlustig und begierig darauf, diesen seltsamen Job zu beginnen, der außergewöhnlich gut bezahlt wurde.

An meinen ersten Arbeitstag erinnere ich mich noch sehr genau. Diese unterirdische Stadt, die mindestens sieben Stockwerke tief ist, besitzt ein perfektes elektromagnetisches

Kontrollsystem. Wir kamen nur mit dem Abdruck unserer Daumen hinein, die jedesmal gescannt wurden. Den vielen Arbeitern allerdings hatte man einen Chip implantiert. Dadurch konnte man sie auch in der Außenwelt perfekt überwachen.

Mein Arbeitsplatz befand sich in der sechsten Etage. Die Menschen hier waren bedauernswerte Geschöpfe, die sehr unglücklich waren. Manche behaupteten immer wieder mit Nachdruck, daß sie entführt worden seien, und daß man sie hier gegen ihren Willen festhielt. Es waren auch erschreckend viele Kinder und Jugendliche darunter.

Nach und nach erkannte ich die grauenvolle Wahrheit. Die unterirdische Anlage von Dulce war ein gigantisches Versuchslabor der schlimmsten Art, mit Menschenversuchen, die die deutschen Konzentrationslager noch in den Schatten stellten. Ganz vorsichtig nahm ich meine Nachforschungen auf, immer auf der Hut, nicht ertappt zu werden. Ich fand heraus, daß die Verantwortlichen, die aus den höchsten politischen Gremien kamen, sich mit den dunklen Kräften der Dämonen verbunden hatten. In Indien nennt man diese Wesen Asuras und in unseren Schriften heißt es, daß sie im Kali Yuga, dem dunkelsten aller Zeitalter, auf der Erde Fuß fassen, zum Teil in Menschengestalt, um die Weltherrschaft an sich zu reißen. Hitler war einer von ihnen! Die Asuras von Dulce entstammen zum Teil der Linie der Reptiloiden. Unsere heiligen Schriften, die Veden, erzählen viele Geschichten von Dämonen, die mit den Göttern um die Herrschaft über die Erde kämpfen. Mir wurde diese ungeheure Wahrheit schnell bewußt, und ich sann auf Flucht aus dieser dunklen, unterirdischen Hölle.

Während meines Aufenthalts in Dulce verband ich mich

mit Shiva, um mich zu schützen. Ständig rezitierte ich sein Mantra im Geist, und nur auf diese Weise habe ich überlebt und den Weg aus dieser Hölle gefunden.

Täglich traf ich mit den Reptiloiden zusammen. Sie sehen aus wie Menschen, haben aber Schuppen, und die meisten von ihnen einen langen Schwanz. Sie sind völlig emotionslos und eiskalt! Das westliche Modewort »cool« stammt von ihnen. Emotionen sind den Asuras verhaßt. Sie sind in der Lage, alle Gedanken zu lesen, und dies besonders leicht, wenn ein Mensch dabei Emotionen hat. Je ängstlicher oder zorniger die Gedanken sind, desto rascher können diese Wesen das orten. Einen ruhigen und kontrollierten Geist hingegen bemerkten sie kaum. Ich hatte durch das Shiva Mantra einen magischen Schutzschild um mich aufgebaut und konnte mich deshalb einigermaßen sicher fühlen. Doch unablässig sann ich darauf, wie ich aus Dulce entkommen konnte.

Nach und nach offenbarte sich mir die schreckliche Wahrheit: Tausende von Menschen waren gegen ihren Willen nach Dulce verschleppt worden. In den Augen der Verantwortlichen waren sie nichts anderes als genetisches Material für Experimente.

Ich mußte Transplantationen mit dem Gewebe von Embryos an Kindern vornehmen. Irgendwann wird dies auf der Erde als neuester wissenschaftlicher Fortschritt verkauft, denn bei diesen Transplantationen aus embryonalem Gewebe gibt es keine Abstoßungsreaktion, da Embryos noch kein eigenes Immunsystem besitzen. Vieles, was auf der Erde als Fortschritt in Medizin und Wissenschaft gefeiert wird, entstammt den Folterkammern von Dulce, wo gesunde Menschen verstümmelt, ausgeschlachtet und getötet werden …

Auch neue chemische Mittel werden in Dulce an den Gefangenen getestet. Es werden genetische Manipulationen an Stammzellen vorgenommen oder Geschlechtsumwandlungen. Wenn es eine Hölle gibt, dann ist sie in den Untergrundstationen des Grauens in Dulce zu finden …

Die Asuras besitzen weit fortgeschrittene Technologien, die aber allesamt schädliche Auswirkungen auf Erde und Kosmos haben. Von unterirdischen Kraftstationen aus manipulieren sie das Weltgeschehen und die Mehrheit der Menschen. Wer nicht im Glauben gefestigt ist, wer nicht aus tiefstem Herzen an Gott glaubt, unterliegt ihren Einflüsterungen. Je massiver die Manipulationen werden, desto weniger können die Menschen dies erkennen! Haben Sie sich schon einmal gefragt, warum die Hightech-Entwicklungen in den letzten zwei Jahrzehnten immer schneller erfolgen und warum wir heute alle am Tropf von Computern und Mobilfunk hängen? Diese Technologie stammt von den Asuras! Besser und schneller kommunizieren, weltweit, bis alle in dem engmaschigen Netz W W W festsitzen! Soziale Kontakte und zwischenmenschliche Beziehungen werden reduziert auf das Netz und können darüber vollkommen kontrolliert werden. Wenn die zwangsweise Implantation des Mikrochip kommt – man wird dies den Menschen als eine größere persönliche Sicherheit schmackhaft machen – gibt es für den Einzelnen kein Entrinnen mehr! Alle tragen dann das Malzeichen auf der Hand, wie die Apokalypse des Johannes es verkündet. Und ohne dieses Malzeichen, diesen reiskorngroßen Chip, wird man weder kaufen noch verkaufen, einen Arzt aufsuchen, oder Geld bei der Bank abheben können … Auf dem Chip sind alle wichtigen persönlichen Daten des Menschen gespeichert.

Er ist dann an eine permanente Funküberwachung ange-
schlossen, egal wohin er auf der Welt reist ... Diesen Chip
kann man übrigens kaum noch entfernen, wenn er mit dem
umgebenden Gewebe erst einmal verwachsen ist, es sei denn,
man hackt die Hand ab!

Was in Dulce gemacht wird, geschieht inzwischen vielfach auch bereits oberirdisch. Den Handywellen werden
sogenannte ELF-WELLEN aufmoduliert, das sind extreme
Niedrigfrequenzwellen, die die Geistesaktivität von Mensch
und Tier manipulieren. Durch diese ELF-WELLEN werden in Dulce die Opfer ruhiggestellt. Sie haben somit keinen
freien Willen mehr, merken das aber nicht!

Auch mit transgenetischen Wesen wird in Dulce expe-
rimentiert. Man kreuzt Menschen mit Asuras oder Tiere
mit Menschen und man züchtet Tiere, die genetisch ver-
trägliche Organe für Menschen produzieren. Diese dämonischen Verfahren von Dulce beginnen aber auch auf der
Erde langsam Fuß zu fassen. Transplantationsmedizin und
Gentechnologie sind auf dem Vormarsch ...

Wenn ich frei hatte und nach Hause fahren konnte, ver-
folgte ich die Medien und stieß immer häufiger auf Fälle,
wo Menschen scheinbar spurlos verschwunden waren. Auch
wurde vielfach von gräßlichen Tierverstümmelungen berichtet, wofür man Außerirdische verantwortlich machte.
Im Internet stieß ich auf einen Bericht über Sergeant Jo-
nathan Lovette, der 1956 vor den Augen eines ranghohen
Zeugen in ein Ufo gebeamt wurde. Drei Tage später fand
man seine verstümmelte Leiche. Diesen Vorfall erwähnt
der Vietnam-Offizier Bill English und sagt, er habe ihn im
»Blue Book No. 13« dokumentiert gesehen.

Thomas E. Castello, ehemaliger Sicherheitskommandant von Dulce, berichtete öffentlich von den gräßlichen Experimenten, die dort täglich vorgenommen werden, um neue Arzneien und Behandlungsmethoden zu entwickeln. Die Verantwortlichen von Dulce gehen sprichwörtlich über Leichen. Lebende Wesen sind für sie nur Versuchsobjekte und Rohstofflieferanten für ihre dämonischen Versuche.

Die gesamte Hightech-Medizin stammt von den Asuras und jeder, der diese Medizin in Anspruch nimmt, ob bewußt oder unbewußt, verbindet sich karmisch mit den dämonischen Kräften und macht sich schuldig.

Es gibt Menschen, die lange in Dulce tätig waren, aber eines Tages mit ihrem Wissen an die Öffentlichkeit gegangen sind, obwohl sie wußten, daß es ihren Tod bedeuten würde. Phil Schneider, ein Geologe und Architekt, war einer von ihnen. Seine Enthüllungen werden heute noch über das Internet verbreitet. Kurz nach seinen Offenbarungen wurde er umgebracht. Vieles von dem, was ich soeben erzählt habe, können Sie im Internet unter folgenden Stichworten finden: Phil Schneider, Bill English, Bill Cooper, Branton, John Lear, Grudge/Blue Book, Omega Files und Reptiloids.

Ich überlebte diese Monate in der unterirdischen Hölle von Dulce nur durch Shivas Gnade und sein Mantra, das ich ständig im Geist rezitierte. Präzise plante ich meine Flucht. Als ich nach einem halben Jahr zwei Wochen Urlaub bekam, fuhr ich nach Hause, regelte meine persönlichen Angelegenheiten, löschte alles auf meinem Computer, hob alles Geld ab und setzte mich mit dem Auto ab nach Mexiko. In Mexico City verkaufte ich den Wagen und flog von dort

nach Delhi. Ich hatte nur die nötigsten Sachen wie Klei-
dung, Papiere und Geld bei mir.

In Indien lebte ich die ersten Wochen bei entfernten Ver-
wandten, die den Machthabern von Dulce nicht bekannt
waren. Dorthin bestellte ich auch meine Mutter, die be-
schloß, dort zu bleiben, nachdem ich ihr alles berichtet
hatte. Später ging ich nach Südindien, um für eine Weile
unterzutauchen. Nirgendwo sonst auf der Welt ist das ein-
facher als in dem Riesenland Indien. Da ich keinen Chip
implantiert hatte, konnten sie mich nicht finden und wer-
den mich auch niemals finden! Ein Jahr lang arbeitete ich
als Chirurg in einem Armenhospital, um mein schlechtes
Karma abzutragen, das ich in Dulce zwangsweise aufge-
häuft hatte. Später entschied ich mich dann für das Leben
eines heimatlosen Sadhu, der als Pilger durch das Land
zieht und Shiva verehrt. Seit zwei Monaten bin ich nun
in Varanasi, Shivas heiliger Stadt am Ganges. Hier hoffe
ich, die schreckliche Erfahrung von Dulce auszulöschen,
diesen Alptraum, der mich immer noch verfolgt, wohin
ich auch gehe …

Wissen Sie, Michael, wenn Sie diese Geschichte aufschrei-
ben und publizieren, kann sie vielen Menschen die Augen
öffnen über die heutige Wissenschaft, ihre kriminellen Me-
thoden und die dunklen Mächte, die dahinterstehen. Sie
tragen schließlich den Namen des Erzengels Michael, der
mit dem Flammenschwert den Satan besiegt hat …«

Während Shivadas in einem Zug sich alles von der
Seele geredet hatte, war ich mit dem Schreiben kaum
nachgekommen. Ich sagte: »Ihre Geschichte werde ich

veröffentlichen. Ob in einer Zeitschrift oder einem Buch, das weiß ich noch nicht. Zum gegebenen Zeitpunkt wird mir das die Intuition schon sagen …«

»Übrigens, auch das Internet verdanken wir den Asuras«, meinte Shivadas plötzlich. »Wir können es aber auch für unsere Zwecke nutzen und dadurch ihre Macht untergraben!«

»Und wie können wir das?«

»Indem wir über das Internet die Wahrheit verbreiten. Das ist der Wille der Götter. Je mehr Menschen zum Glauben an Gott zurückfinden und um Hilfe bitten, desto eher wird uns diese zuteil!«

»Und warum helfen die Götter nicht sofort?«

»Weil die Menschen einen freien Willen haben, den sie respektieren müssen. Nur wenn wir sie bitten, dürfen sie helfen. Am wirkungsvollsten sind Gebete und Mantras. Noch wirksamer ist es, wenn Tausende weltweit zur gleichen Zeit das gleiche Gebet oder das gleiche Mantra sprechen. Mutter Durgas Mantra ist hierbei sehr hilfreich, weil sie die Bekämpferin der Dämonen ist. Auch Narasimha, den die Asuras fürchten, ist passend, oder Shiva! Er hat, so steht es in den heiligen Schriften, vor langer Zeit die drei Festungen der Asuras mit einem Feuerstrahl aus seinem dritten Auge zu Asche verbrannt.«

»Sagen Sie mir, Shivadas, welches Mantra ist denn für mich passend?«

»OM NAMAH SHIVAYA«, erwiderte Shivadas ohne zu zögern.

Er begann, mir das Mantra vorzusprechen, und ich wiederholte es immer wieder, so lange, bis die Betonung richtig war.

Es war dunkel geworden. Der Fluß hatte sich in eine samtige Schwärze gehüllt. Zahlreiche süße Tschais hatten wir getrunken. Ich winkte den Kellner herbei und bezahlte, dann verließ ich mit Shivadas die Teestube. Die enge Gasse wurde von nur einer Lampe spärlich erhellt.

Shivadas sagte: »Kommen Sie morgen vor Sonnenaufgang zum Dashasvamedha Ghat, dann machen wir eine Bootsfahrt.«

»Gern«, erwiderte ich, während ich die flachen Hände zusammenlegte und mich vor Shivadas verneigte. Dieser tauchte rasch im Gewühl unter, während ich nach einer Riksha Ausschau hielt.

*

Wir trafen uns vor Sonnenaufgang wie verabredet am Dashasvamedha Ghat. Shivadas hatte bereits ein Boot organisiert und ich bezahlte vorab. Dann stiegen wir ein. Schwerelos schien das Boot auf dem breiten Strom dahinzugleiten, vorbei an prächtigen Palästen und altehrwürdigen Häusern, die früher glanzvolle Zeiten erlebt hatten. Diese Dreiviertelstunde vor Sonnenaufgang, die die Inder Brahma Muhurta nennen, die Stunde Brahmas, hatte etwas Mystisches. Es war sehr still. Auf dem dunklen Fluß schwammen kleine Lichtopfer und Blumenketten. Als die Sonne endlich am östlichen Horizont aus dem Dunst rot und groß emporstieg, erglühten der Ganges und die alten Gebäude an seinem Ufer und schienen von innen heraus zu leuchten. Leise tauchte unser Bootsmann die Ruderblätter in das Wasser, das träge dahinfloß. Shivadas begann das Gayatri-Mantra zu rezitieren. Magische

Bilder zogen an mir vorüber: Gläubige, die im Fluß standen, beteten und Mantras rezitierten oder in den Fluten untertauchten. Sie tranken von dem Wasser, dem heilige Kräfte nachgesagt werden. Blütenkränze aus Jasmin oder Tagetes trieben an uns vorüber, aber auch Tierkadaver und ein paar Leichen! Am Marnikarnika Ghat, wo die Verbrennungen stattfanden, loderten zwei Holzstöße. In den dahinterliegenden Gebäuden warteten Sterbende auf den Tod. Sie waren nach Varanasi gekommen, um hier ihre letzte Reise anzutreten, wie Shivadas mir gesagt hatte.

Mir hatte es fast die Sprache verschlagen, denn Sterbehäuser, vorbeitreibende Leichen, Tierkadaver und betende Menschen im Fluß waren für einen Westeuropäer wie mich doch sehr gewöhnungsbedürftig. Unvergeßliche Bilder sanken in mein Unterbewußtsein und würden mich für immer prägen. Irgendwann fragte ich Shivadas: »Warum haben die Asuras mehr Macht als die göttlichen Kräfte?«

»Weil die Menschen sich von Gott abgewandt und den Asuras diese Macht eingeräumt haben. Die christliche Religion kennt Luzifer, den Lichtbringer, der aber nur scheinbar Licht bringt. In Wirklichkeit stürzt er alle, die ihm folgen, in die Finsternis! So ist das auch mit den Dämonen, die wir Asuras nennen. Zuerst bringen sie den Menschen scheinbar nur Vorteile, dann aber reißen sie alle ins Verderben. Denken Sie an die Atomkraft, die Gentechnik und die Hightech-Medizin mit ihren Organtransplantationen und giftigen Arzneimitteln mit den verheerenden Nebenwirkungen … Wir Inder wissen auch, daß die Dämonen nicht nur im Außen existieren, sondern auch in jedem Menschen. Dies kann man aus dem Horoskop ersehen. Rahu und Ketu, die beiden Schattenplaneten, die die Mondknotenachse bilden, sind Dämonen. Ihre Stellung im Horoskop gibt Auskunft darüber, wie anfällig ein Mensch für ihre Einflüsterungen ist. Aber das göttliche Licht ist stärker als die Dunkelheit! Und weil wir Inder ein frommes Volk sind, beten und Mantras rezitieren, haben die Asuras in Indien einen schwereren Stand als anderswo. Hier können sie nicht so leicht Fuß fassen wie in China, Amerika oder Europa!

In jedem hinduistischen Haus gibt es einen kleinen Altar oder Schrein für die Götter. Erinnern Sie sich, daß ich anfangs erwähnte, daß den Asuras Gebete und Mantras verhaßt sind, und daß sie Menschen meiden müssen, die eine ernsthafte spirituelle Praxis ausüben? Bei Ihnen würde man sagen, sie fürchten diese Menschen wie der Teufel das Weihwasser … Nur das göttliche Licht aber kann die dämonischen Schatten auflösen!«

»Dann müßten also mehr Menschen für das Wohlergehen der Erde und ihrer Wesen beten?«

»Ja, so ist es. Christen können sich an Jesus wenden oder an Maria, die bei uns Mutter Durga heißt«, erwiderte Shivadas.

Ich betrachtete die Sonne, die höher gestiegen war und ihr goldenes Licht über dem heiligen Fluß ausgoß. Plötzlich wußte ich, wo mich mein Weg mit dem Schreiben hinführen würde. Ich hatte die Aufgabe, den Menschen das Unsichtbare sichtbar zu machen! Ein Netzwerk würde ich gründen, wo wir zur festgelegten Stunde gemeinsam meditierten und das gleiche Mantra rezitierten, aber welches? Ich fragte Shivadas. Er sagte: »Nehmen Sie das Mantra von Mutter Durga ›OM DUM DURGAYE NAMAHA‹. Dieses Mantra schützt vor inneren und äußeren Dämonen.

Mutter Durga wurde aus dem reinen Bewußtsein und dem heiligen Zorn von Brahma, Shiva und Vishnu erschaffen, damit sie die Dämonen besiege, die für die Götter unbesiegbar geworden waren. Durga ist die gütige Mutter, die ihre Kinder beschützt.«

Sinnend blickte ich auf das sonnenglänzende Wasser des Ganges und war froh, hierher gereist zu sein. Die Bootsfahrt endete am Dashasvamedha Ghat, wo sie auch begonnen hatte. Wir stiegen aus. Dieses Erlebnis auf dem heiligen Fluß war unwirklich, wunderbar, verzaubernd und grausig zugleich. Ich dankte Shivadas mit zusammengelegten Händen vor der Brust und verabschiedete mich gleichzeitig. Shivadas sah mich lange an, dann verschwand er in einem Pulk von Pilgern, die soeben angekommen waren. Ich fuhr mit einer Riksha in das Hotel zurück. Es war später Vormittag und mein Magen verlangte nach etwas Eßbarem.

Während meines Aufenthaltes in Varanasi ging ich noch viele Male an den Ghats spazieren und stand oft stundenlang auf der Plattform über dem Verbrennungsplatz, um auf die lodernden Holzstöße zu blicken und über das Leben und den Tod nachzudenken. Shivadas traf ich noch ein paar Mal. Als der Zeitpunkt meiner Abreise gekommen war, fühlte ich eine gewisse Traurigkeit, daß ich Varanasi nun verlassen mußte.

»Du wirst Varanasi verlassen, aber Varanasi wird dich nicht verlassen! Irgendetwas tief in dir wird nie wieder dasselbe sein«, dachte ich, als die Turbinen aufheulten und die Maschine über die Rollbahn raste. Als sie aufstieg, und ich unten Mutter Ganga silbern glitzern sah, wußte ich, daß ich eines Tages zurückkehren würde nach Indien und nach Varanasi …

*

Ich landete Mitte Dezember an einem Samstag in dem grauen, winterlichen Deutschland. Alle Menschen wirkten gehetzt, denn es war kurz vor Weihnachten …

Am Sonntagmorgen erwachte ich in der frühen Dämmerung, obwohl es noch ganz still war und ich hätte ausschlafen können. Ich zog den Vorhang auf und sah den ganzen Garten Grau in Grau. Auf dem Rosenstrauch saßen eine Meise und ein Stieglitz völlig reglos nebeneinander, minutenlang. Es war, als würde ein schwerer Alpdruck auf der Natur und allen Wesen lasten. Ich dachte an die ELF-WELLEN, von denen mir Shivadas berichtet hatte und wußte plötzlich Bescheid! Leise begann ich das Shiva Mantra zu rezitieren. Da stiegen die beiden Vögel auf in den grauen Morgenhimmel, der sich im Südosten langsam zu röten begann.

Wie die Wahrheit (Satya)
zum Märchen kam

Als das dritte Weltzeitalter zu Ende ging und Kali Yuga, das dunkelste und schlechteste der vier Weltzeitalter sich ausbreitete, begann es der Wahrheit immer schlechter zu ergehen. Wo immer sie an die Tür klopfte, wurde sie belächelt, ignoriert und meist sogar fortgejagt. Da wußte die Wahrheit, daß Kali Yuga endgültig Einzug gehalten hatte in den Herzen der Menschen. Sie wollten nichts mehr wissen von dem großen göttlichen Gesetz und von der Wahrheit!

Deshalb wurde Satya immer trauriger, und bald war sie nur noch ein Schatten ihrer selbst. Nur selten fand sie noch jemanden, der ihr Einlaß gewährte und ihr zuhörte, sie nährte und kleidete.

Eines Tages saß die Wahrheit in einer großen Stadt an einem Brunnen, um ihren Durst zu stillen. Sie war so kraftlos und traurig, daß sie dachte, ihr Ende wäre nun endgültig nahe. Ganz versunken und trübsinnig saß sie da, als eine prächtig gekleidete Frau sie ansprach.

»Schwester«, fragte diese, »welches tiefe Leid hat dich heimgesucht?«

»Das ist eine lange Geschichte«, erwiderte Satya, »aber ehrlich gesagt, habe ich jede Hoffnung verloren und kaum noch Kraft zum Reden.«

»Komm mit in mein Haus« erwiderte die schöne Frau. »Ich werde für dich sorgen, bis du wieder zu Kräften gekommen bist!«

Der Wahrheit standen die Tränen in den Augen, denn so viel Glück war ihr seit Ewigkeiten nicht mehr widerfahren. Als sie im Haus der schönen Gastgeberin gebadet, sich neu gekleidet, gegessen und getrunken hatte, erzählte sie, daß es ihr Dharma sei, auch im Kali Yuga die Wahrheit zu verkörpern. Wann immer sie aber diese Pflicht erfüllen wolle und den Menschen die Wahrheit offenbare, werde sie mit Schimpf und Schande davongejagt, da niemand etwas davon wissen wolle.

»Im Satya Yuga«, sagte die Wahrheit, »da liebten mich alle Menschen, luden mich ein in ihre Häuser und lauschten meinen Worten. Seit aber der dunkle Kali Einzug gehalten hat, haben die Menschen kalte und verschlossene Herzen, in denen der göttliche Funke fast erloschen ist. Du, meine liebe Gönnerin, bist eine ganz große Ausnahme! Wer bist du eigentlich?«

»Ich bin das Märchen, und ich gehe zu den Menschen, um ihnen wundersame Geschichten zu erzählen, damit sie für eine kurze Zeit ihren bedrückenden Alltag vergessen können. Die Menschen laden mich ein in ihre Häuser, und weil ich auch ihre Kinder glücklich mache, beschenken sie mich reich. In Zukunft, liebe Satya, werden wir gemeinsam an die Türen klopfen, und die Märchen, die wir erzählen, werden alle einen wahren Kern besitzen. Weil wir diesen wahren Kern aber gut verpackt haben als schönes Märchen, werden sie uns nicht fortjagen. Und wer Ohren hat zu hören, der höre, und wer das Licht im Herzen wieder entzünden will, kann es mit unserer Hilfe tun!«

Die Wahrheit war überglücklich und umarmte ihre großzügige und kluge Gönnerin. Und wo immer nun das Märchen hinging, war die Wahrheit dabei. Gemeinsam hielten sie die Erinnerung wach an längst vergangene Zeitalter, die besser und glücklicher für alle Wesen gewesen waren.

Im Handel bereits erschienen:

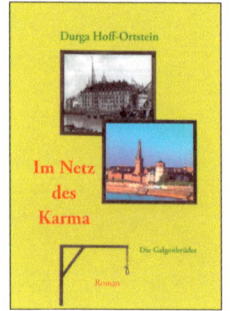

Warum werden Sibylle und Gerd Richter von einem trunksüchtigen Hausbewohner und seinen Saufkumpanen terrorisiert? Sibylle findet heraus, daß im alten Düsseldorf im Jahre 1776 in der Nähe des Hauses der Galgen gestanden hat.

Bei einer Reise in das geheimnisvolle Indien begegnen Sibylle und Gerd einem Weisen, der ihnen hilft, die karmischen Verstrickungen zu erkennen.

Der Ärger mit den Säufern und mit Gerds Chef, dem Bibliotheksdirektor Dr. Zerberus, findet zuletzt ein gutes Ende ...

Das moderne und das alte Düsseldorf sowie Indien sind die Schauplätze dieser phantastischen Geschichte, die den Leser nicht mehr losläßt.

Durga Hoff-Ortstein, *Im Netz des Karma*
Books on Demand GmbH, Norderstedt
ISBN: 978-3-8334-8454-4

Im Handel bereits erschienen:

Dies Buch stellt das umfassende Wissen von AYURVEDA bis YOGA dar und zeigt, wie man dieses Wissen anwenden kann.

Die Grundlagen des Ayurveda (Philosophie, Elemente, Doshas sowie eine detaillierte Typenlehre mit Fragebogen) werden ausführlich erläutert und ihre Anwendung bei der Ernährung und der Gesundheitsvorsorge dargestellt.

Auch die subtilen Therapien (Mantras, Farben, Edelsteine und Düfte) werden besprochen – ebenso wie die Kundalini und die Chakras sowie Yoga für den eigenen Konstitutionstyp.

Das Besondere sind die ayurvedischen und vedischen Geschichten, die kunstvoll in den Text eingeflochten sind und die Lektüre interessant machen.

Das Buch bietet nicht nur eine Einführung in das faszinierende vedische Wissen, sondern ist auch für Ayurveda-Therapeuten und Yogalehrer sehr gut als Handbuch zu benutzen.

Durga Hoff-Ortstein,
Vedisches Wissen für ein neues Bewusstsein
Books on Demand GmbH, Norderstedt
ISBN: 978-3-8334-7296-1